少年廚俠 5

陰謀與真相

文/鄭宗弦

圖/唐唐

目錄

作者序

結合「美食」與「武俠」的冒險之旅

文／鄭宗弦

我曾在粉絲團上宣告想寫一套少年小說，讓辛苦做菜的媽媽好好休息，改由孝順的孩子做菜給媽媽吃。恰好親子天下的編輯來信邀請合作，我便闡述了這一小說系列的創作理念，並提出創作計畫。兩方一拍即合，隨即著手創作這一套少年武俠小說。

少年武俠小說？

是的，您沒有看錯，這是集合老、中、青、少廚師們，所共同演出的少年武俠小說。

煎、煮、炒、炸、蒸、燴、溜、燙、烤、焗、爆、煲、汆、熬、煨、燒、燜、燉……廚師做菜的十八般廚藝，刀技火候，水裡來火裡去的，都讓人產生武功的聯想。因此我讓書中的廚師具備頂尖武功，主人翁志達的母親是鼎鼎有名的總鋪師，在家學薰陶之下，志達也擁有武藝與廚藝的龐大潛力。

我生長在糕餅之家，從小跟著家人製作麵包、蛋糕、紅龜粿等點心，了解從事飲食工作者的辛苦，而廚師又比起點心師父更加艱辛，刀子、爐火都容易使人受傷，油煙更會害他們生病，他們在為大眾創作出美味、帶來幸福的同時，往往犧牲了健康與安全。

廚師們創作出經典名菜，不僅滿足人們的口腹之欲，也提供美談讓人樂道回味，人們總說中華料理博大精深，卻忘了這是歷代廚師們勞苦的累積。然而古代廚師的社會地位低下，知識分子雖然用文字記錄了美食，卻很少為廚師作傳記。我寫這一系列的目的，便是想藉由有趣的故事，來表揚廚師們的貢獻。

這是一趟飲食文化的探索之旅

中華料理因幅員廣大，大略分為閩、浙、粵、魯、蘇、湘、徽、川，八大菜系。我讓主角穿越時空，帶領讀者一探名菜發明的起源。

許多名菜的典故成為膾炙人口的故事，稍加改編便能引人入勝。但有些名菜或許是一地風俗，社會集體的創作，或是佚失了發明人與相關情節，而沒有專屬於它的故事，我希望能藉由這個系列來彌補這個缺憾。

這也是一趟探索武功的冒險之旅

中醫主張「藥食同源」，又說「五味入五臟」，因此調和平日的飲食就是養生的良藥。中醫認為精、氣、神、血為人體能量之源，氣為血之帥，血為氣之母，穴道與經絡是能量匯聚之處，正確的呼吸與運動能使能量在身體運作順暢，甚至衍生出更強的能量。進一步衍生出功夫、運氣、掌風，乃至隔山打牛、隔空抓物等有如特異功能的武功說法，讓人產生許多浪漫的想像。

這又是一趟感受俠義的體驗之旅

我看到許多喜歡閱讀的孩子，想要閱讀有關充滿想像力的大部頭書籍，選擇了市面上的武俠小說。然而武俠小說是為成人而書寫的，又有「成人的童話」之說，其中刀光劍影，江湖恩怨的情節太深沉，並不適合少年兒童閱讀。

韓非子說：「俠以武犯禁。」古代的俠客救急扶危，愛打抱不平，有時放蕩不羈，違法犯紀，這樣的俠客並不是孩子學習的典範。我想創作一套專門為孩子而寫的武俠小說，將「武」的部分控制在暴力範圍之內，而「俠」的部分，撇除任性的違法，而導向濟弱扶傾，輕財重義，伸張正義的利他行為。

這還是一趟族群文化的融合之旅

八大菜系之外，我還想在故事中加入京菜和臺菜。

北京城是中國歷史上最後一個王朝的政治中心，來自各地各省的達官貴人匯聚在此，必然會衍生出豐富的飲食文化。而臺灣經歷過荷蘭、明鄭、清朝、日本等政權的統治，飲食文化都有各國的遺留。加上西元一九四九年國民政府遷移到臺灣，帶來各省一百多萬軍民，也把各地的飲食文化帶過來。這些人當中不乏資本家、大地主、高官和滿清遺老，這段歷史也讓中國各地精緻高級的宴客大菜都在臺匯聚，使臺灣成為中華飲食文化的大熔爐。

這一套結合「美食」與「武俠」，由功夫高深的廚師們一同演出的「美食派少年武俠小說」已經上場，請跟著主角們一起縱橫古今，吃喝玩樂，伸張正義吧！

登場人物介紹

林志達

少年廚俠之一。在得到千年老麵的力量後，穿越回到古代，學會了四道神菜，分別代表「包容」、「正義」、「澈悟」、「振作」的美德。

文思和尚

五官清秀的中年和尚，不僅擁有深厚的武功底子，還精通廚藝，隨身攜帶一個裝了廚具的包袱。

方羽萱

少年廚俠之一。和志達經歷數次冒險，每次遇到危急時刻，都能發揮聰明機智的頭腦和應變能力。

李繼程

少年廚俠之一。外公魏鼎辛所經營的「瀟湘煙雨湘菜館」赫赫有名，承襲官灶派的武功。

黑衣人

在志達和羽萱前往香港尋找族譜時，下手偷襲兩人，動機和身分成謎。

第一章 大鬧千叟宴

華北冬日難得放晴，放眼望去，燦爛的陽光灑滿白玉階，朱紅宮牆如翻不盡的美麗畫頁，琉璃屋瓦閃耀金光，片片相連到天邊，滿眼盡是富貴逼人的磅礡氣勢。

如此莊嚴氣派的景致下，卻醞釀著一股緊張的氣氛。

「咄！咄！咄……」數十把菜刀急促落在砧板上，切出好幾十個籮筐的大白菜。「嚓嚓！嚓嚓……」三十多個大炒鍋噴出燙人的油煙，大鐵鏟在裡頭頻頻翻攪菜餚。二十多個大油鍋裡浮著無數的肉丸子，五十多組蒸籠裡不斷噴出雲霧般的水煙。

御膳房內聚集了百餘個太監廚子，各個七手八腳的忙著做菜，滿屋子混雜了千香百味，讓人垂涎三尺。

「你們小子別打混，手腳俐落點，把皮都給我繃緊了。」總管太監進來催促。「這天大的日子，半刻都不能延遲的。」他又跑到旁屋裡，不厭其煩的囑咐布置場地的小太監們。「這『千叟宴』已經是第二回辦了，只能比上次辦得更好。而且這一回又是太上皇退位，新皇繼位，千載難逢的雙皇慶宴，你們可萬萬不能出差錯，要不然大夥兒都得掉腦袋。」

「啊！」一聽見掉腦袋，眾人額頭一昂吞口唾沫，戰戰兢兢的繼續忙碌。

不久之後，寧壽宮的皇極殿廣場上，一百二十張大桌子已經都坐滿了人，放眼望去一片黑壓壓，都是六十歲以上的老人。周圍迴廊上，絲竹管弦正合奏著旋律優雅的曲子，老人們樂呵呵的一邊烤著火，吃著瓜子、花生、杏仁、核桃等乾果兒，一邊閒聊等候開席。

「太榮幸了，能受到皇帝和太上皇的邀請擔任嘉賓，真是祖上積德啊！」

「是啊，是啊，聽說今天的菜餚是滿菜加漢菜組合而成的『滿漢全席』，共一百零八道菜呢！」

「我聽說菜單裡有山、海、禽、草各種稀有的珍味，不是有錢就吃得到的啊！」

「皇上駕到！」殿內忽然響起太監的傳令聲。

眾人急忙肅靜，起立整理衣冠，一同向殿內下跪。

「萬歲！萬歲！萬萬歲……」

嘉慶皇帝現身在殿內，命令大家平身，然後坐在大位上。

眾人坐回原位，不敢吃食也不敢聊天，拘謹起來。

「太上皇駕到！」殿內又傳來呼報，大家再次起立行禮如儀。

嘉慶皇帝屈身上前，攙扶乾隆太上皇坐到主位上。太上皇慈祥的看看大家，欣喜的揮揮手。

「大清帝國千叟宴，開宴——」總管太監大聲宣布。

「匡！」大鑼一敲，威聲震天。眾人又回到席上，一時管弦大作，吹奏起歡快的曲子。

太監們從御膳房裡走出來，排成一條長龍，他們手裡捧著各種盛滿菜餚的精美餐具，一一上桌。每上一道菜，就報上菜名，分別有：燕窩雞絲湯、海帶豬肚絲羹、蒸駝峰、鮑魚匯珍珠菜、魚肚煨火腿、蒸鹿尾……教人驚豔不已，口水直流。

「太上皇有令，叫臣民們不要拘束，盡情飲宴！」太監又傳來指令。

眾人鬆口氣，彼此讓菜一番後便開懷吃喝。那些菜餚烹煮得軟嫩甘甜，入口即化，搭配上好的老酒，各個吃得津津有味，讚嘆不已。

不多久，殿內傳來太監通報：「太上皇為九十歲以上的耆老斟酒，並賞賜一百零六歲的人瑞，六品頂戴……」

「真是無上尊榮啊！」眾人忙停下碗筷，站起來鼓掌歡呼，氣氛歡快到最高點。就在這酒酣耳熱之際……

「吼！」

「砰！匡啷——」

忽然間，廣場的半空中冒出四團黑影，落在宴席桌上，壓垮了好幾張桌子。

「啊！」眾人慌張的起身後退，這才看到憑空冒出了一對少男少女、一個壯漢和一隻張牙舞爪的大老虎。

「啊！」「老虎？有妖怪？」

參加宴席的賓客頓時驚慌高呼，紛紛四下逃開，搞得桌翻椅倒，菜餚飛濺，碗盤碎滿地，許多老人因擁擠而摔倒在地上，痛苦哀號。

化身壯漢的殘獅原本勒著羽萱的脖子，這時從宴席桌摔到地上，跟羽萱分開，並且恢復原形，變回大獅子。志達趁殘獅分心的瞬間把羽萱拉近自己身邊，並大喊：「有妖魔！快來抓妖魔！」

「保護皇上和太上皇的安全。」隨侍的總管太監慌忙的大聲呼喊，立刻有一群攜帶兵器的侍衛，衝上前來護駕。

「快跑！」志達對羽萱說。

「不行。」羽萱摸著右腳踝，難過的說，「我剛剛摔那一跤，好像扭傷了。」

「搭著我的肩膀。」志達急忙收起軒轅石和鐵湯匙，抱著羽萱跳上宮殿的屋頂。

「吼——」侍衛們看到兩隻猛獸咆哮，雖然心中畏懼，仍鼓起勇氣上前攻擊。

沒多久，暴虎和殘獅便成了兩個圓心，被侍衛團團包圍。侍衛向暴虎擲出手中的矛，暴虎轉身躲過，還飛跳起來，一口咬上那個擲矛的侍衛。「啊！」那個侍衛慘叫一聲，頓時喪失了意識。

其他侍衛心生顧忌，互相使眼色，一同上前攻擊。暴虎也不是省油的燈，把那口中的侍衛當作武器，原地轉圈，將眾侍衛橫掃倒地。

殘獅這邊更加凶狠，一連咬傷三個侍衛，卻也引發侍衛長的警戒，號令更多部下過來將他團團包圍。侍衛長又下令：「快叫弓箭隊過來！」

暴虎先行擺脫侍衛，跳上屋頂要去抓志達和羽萱。志達抱著羽萱想逃到宮殿後面，卻不小心跑進一個封閉的小院落。

暴虎追進去跟志達對打，羽萱無法走動只能躲在一旁觀看。

「吼——」暴虎張著一口尖牙準備朝志達頭部咬去。志達施展輕功，跳到牆上。

「嘩啦！」不料那道牆早已腐朽，被志達一踩便垮掉了。志達重心不穩，意外從牆上摔下來，暴虎的大嘴順勢咬住志達的鞋子。志達想抽腿卻沒有辦法，試圖彎身反擊，但已經來不及了。

「危險！」羽萱驚慌尖叫。

眼看暴虎就要要咬碎志達的腳掌，忽然一個黑影竄過來，咬住暴虎的後背。

「吼——」暴虎痛得大吼一聲，志達趁他張嘴之際急忙脫身。

「太可惡了，你為了搶功竟然攻擊我？」暴虎憤怒的斥責咬他的殘獅。

「誰叫你剛才在高樓上面先撞開我，壞了我的好事。」殘獅得理不饒人。

「看我不咬死你。」暴虎憤恨的跟殘獅糾纏在一起。

志達想趁機抱起羽萱逃走，卻感覺剛才被暴虎咬住鞋子的地方，腳底板隱隱傳來疼痛，心想雖然沒有被咬出傷口，但暴虎的咬力強勁，必然損傷到筋脈了。他站起來跨出一步，卻痛到無法著地。他急忙坐下來運功，將內力送往足底，試著打通血路。

暴虎和殘獅你來我往，嘴巴爪子齊上場，一會兒互相扭打，一會兒分開喘息，雙方都有多處傷口。最後暴虎不敵殘獅，慌張的逃出院落。

暴虎逃跑後，殘獅又轉身對付志達和羽萱，志達顧不得腳傷只修復了一半，就抱起羽萱在屋頂跳躍奔跑，速度比之前慢了許多。追逐了一陣子，志達又感到隱隱作痛，眼看難以再逃跑，他只好在屋簷上放下羽萱，正面迎擊殘獅。

另一頭，暴虎跳出院門，但皇宮裡的弓箭手已經出動，慌亂間跟他們正面遭遇。

「咻咻咻——」數十支飛箭劃破天際，緊接著淒厲的慘叫應聲而起，教人聽了心驚膽寒。在屋頂上的羽萱遠遠看見暴虎被十多支弓箭射中，胸口的肉團浮起，並從中鑽出一條毒蛇，在地上急速爬行。

「打死那條蛇！打死牠！」弓箭手們紛紛叫喊。

「咻咻咻——」箭如雨下，卻都落在毒蛇身旁，被牠輕巧的逃過。

「主上救我……」倒在地上奄奄一息的暴虎吶喊。

剎那間，紅牛大火憑空冒出，在廣場上燒成一圈，弓箭隊突遭火襲嚇得後退摔倒。羽萱看見蒙面黑衣人在火中現身，他看暴虎已經斷了氣息，便一個飛步過去抓走毒蛇。同時間，高牆後傳來殘獅的吼叫聲，黑衣人聞聲抬頭，辨認出方位。

「打死那妖人！」侍衛長下令。

弓箭隊急忙將弓箭對準黑衣人發射，不料黑衣人用輕功轉往殘獅那兒，弓箭手們急忙提著大弓緊追上去。

院落裡，殘獅跳在屋頂上與志達對峙，志達使出全脈神功，殘獅被打退，轉而張口對準羽萱撲過去。志達一慌，連忙過去阻擋，不料殘獅一咬正好咬住了志達的衣角，志達掙脫不掉，回手反擊。黑衣人見了，想上前幫助殘獅。

「殺掉所有的刺客，一個都不留。」侍衛長催促部下。

「咻咻咻——」弓箭隊這時追過來，飛箭齊發。

一支箭正對志達而來，他卻被殘獅困住無法閃躲，眼看就要被射中，就在飛箭距離志達一尺處，他懷中的軒轅石竟然自動飛出去迎接箭簇。

「鏗——」箭簇擦過停留在空中的軒轅石，轉向無人處，空中頓時冒出一圈青熊大火圍繞著志達、殘獅和羽萱，一秒之後他們跟著大火一起消失。

黑衣人望著空蕩蕩的眼前，急忙翻身躍上屋頂，轉眼逃逸無蹤。

第二章
鐘乳石洞裡的善行

青熊之火讓志達他們降落在一個陌生的大坑洞旁。

「啊！」羽萱摔在坑洞外昏迷不醒，志達在她身旁，軒轅石掉落在不遠處。

志達起身要去撿軒轅石，卻聽見洞口傳來痛苦的呼救聲。

「救我……救我……」

他急忙過去察看，竟然是殘獅的兩條前肢攀掛在洞口，身體懸在洞內，而殘獅的下方是深不見底的深谷，原來殘獅在穿越時不慎滾進了洞口。志達不假思索的上前去救殘獅，不料當他抓住一隻前爪時，另一爪鬆脫了，殘獅直墜而下，竟連累志達一同摔落洞內。

那個坑洞十分深邃，一路蜿蜒曲折，最後十多公尺筆直通向底部。

「啊……啊……啊……」

「吼……吼……吼……」

聲聲驚恐的回音在坑洞內迴響，志達來不及施展輕功，只覺得自己不停磕磕碰碰的往下摔落。

不知過了多久，他摔落在殘獅身上後又彈起來落地，大腦受到震盪，短暫的失去意識。等他清醒張開眼睛，發現頭頂有微弱的陽光射進來，洞內頂部可見鐘乳石，底部四周有石筍，洞壁陡峭垂直。

「看起來這是一個鐘乳石洞。」志達自言自語。他抬頭望著頭頂的微光，不禁眉頭一皺，憂慮的說：「這個洞這麼深，沒有軒轅石要怎麼出去？」

「主上，救我……主上救我……」

志達朝著聲音的方向看去，見殘獅躺在一塊大石筍旁邊動彈不得，看起來這一摔造成的後果非常嚴重。

「救我……救我……」殘獅看見志達，轉而哀求的對他說。

「殘獅，你改邪歸正吧，不要再跟著主上害人了。」志達誠心的勸告說。

「唉！我們噬血魔誰不想擺脫主上？但沒有用，主上控制著我胸口的毒蟾蜍，也控制著暴虎胸口的毒蛇，我們不得已才聽從他的命令，否則就會死在五毒魔物的毒害下。」殘獅用哀憐的眼神看著志達。

「看來你也是逼不得已。」志達同情的搖搖頭。他念在剛才殘獅咬了虎魔救了自己，運用內力為殘獅療傷。

內力竄入殘獅體內，發現是筋肉壓迫神經而無法行動，志達連忙加把勁，不久便治好了殘獅，接著再用內力治好自己的腳傷。

「怪了？主上手中的蚩尤石可以讓他感應我的所在地，或者透過我胸口上毒蟾蜍的氣味也能找到我。通常他只要一聽到呼救就會現身，可是我剛才呼求了好久，卻遲遲不見他出現……」殘獅站起身，虛弱的望著洞口，難過的說著。

「嗯，我想是這個鐘乳石洞太深了，洞裡的訊息無法傳遞出去的關係吧！」

志達分析的說，「更別說要追蹤你身上毒蟾蜍的氣味了。」

殘獅來到陡峭的洞壁旁往上跳，想要攀爬上去，可惜試了幾次都徒勞無功。

「看我的。」志達過去運起全脈神功第四式，然後激發出吸拉的內力，手足協調的往上攀爬，沒兩三下便成功的爬上去了。

「看來我要死在這裡了。」殘獅望著志達漸漸消失的背影，絕望的哀嘆。

過了好一會兒，空中傳來志達的呼聲：「嗨，我回來了。」

殘獅抬頭一看，竟然是志達背著昏迷的羽萱，運用輕功緩緩往下降落。

「你不逃出去，回來做什麼？」殘獅疑惑的問。

「當然是帶著你一起離開。」志達來到殘獅身邊。

「你……」殘獅看著志達感動得說不出話。

「準備了。」他靠近殘獅，對他使個眼色，然後拿出撿回的軒轅石跟鐵湯匙敲擊，「雷金流火，天地玄黃，元祖叱吒，萬古流芳，天清清，地靈靈，回到一開始出發的大樓……」

青色大火熊熊燃燒，青熊騰空一吼，他們瞬間回到現代那棟二十七層大樓的樓頂。

殘獅沒有言語，看看四周，輕吼一聲，往下飛跳到隔壁大樓，然後落進黑巷中離去。

志達為羽萱運功，治好了她扭傷的腳。

「這是哪裡？」羽萱這時醒轉過來，好奇的問。

「我們安全的回到現代了。」志達笑著，沒有說出剛才發生的細節。

他們下樓後，找到倒在路旁的腳踏車。經過這番折騰，志達的內力幾乎耗盡了，他騎上車，載著羽萱慢慢的往方家騎去。

回到方家後，兩人好好梳洗了一番，洗去一身的髒汙和疲累，各自上床睡覺。隔天起床，志達覺得全身痠疼，內力疲乏，因此決定好好的養精蓄銳。除了補充蛋白質，還會利用上課時間偷偷在座位上調養氣息。他調整呼吸，將氣息灌入丹田，再慢慢轉化為內力。如此重複運作，一次又一次，兩天之後，便讓全身氣血充足，重新充滿了內力。

在他們準備出發前往香港的前夕，羽萱陪著志達去安養院探望陳淑美。

「媽，我們這回要去調查曹家的族譜，可是我始終想不通，為什麼王小余當年不消滅邪惡的蚩尤石，而是將它封印在錦囊中，讓它流傳到現代害人呢？」志達不解的說。

「傳說軒轅石和蚩尤石都是女媧補天用剩下來的靈石，怎麼可以說消滅就消滅？何況蚩尤石能帶來寫作的靈感，只要不打開封印，它就能旺文才旺事業，這在古代科舉制度下，是讀書做官的人求之不得的庇佑啊。」陳淑美回答後，又笑著說：「希望你們這次去香港，能從曹家族譜中找出些蛛絲馬跡，揪出主上的真實身分。」

「嗯。」志達慎重的點頭。

「你們還想知道什麼？只怕我有什麼沒有轉述清楚的。」陳淑美問。

羽萱想了一下，說出心中最大的疑問。

「陳幫主，你知不知道李繼程的阿姨瘋瘋癲癲的？還會跑去地下室……」

「媽，你多休息，我們要趕快回去整理行李了。」志達拉羽萱的衣角，不讓她再講下去。

「好，你們趕快回去準備。」陳淑美催促著說。

「陳幫主晚安。」羽萱強忍著疑惑，跟志達一同離開。

他們剛走出病房門，羽萱就不高興的問：「為什麼不讓我問仔細？」

「你再問下去就會露出馬腳了，我可不想讓我媽知道我們潛入別人家，」志達解釋，「我不想讓我媽擔心。」

「我懂了。」羽萱抿起嘴脣，轉轉眼珠，「好，回去整理行李吧！」

志達點頭微笑，熱切的期待著隔天的旅行。

第三章
踏查神功發源地

隔天一早七點多，志達、羽萱、方子龍和方太太，一同搭機抵達香港。方子龍拄著枴杖，但不至於影響行動，他們下了飛機之後，僱了計程車趕赴飯店放行李。一路上志達只覺得香港的高樓大廈比臺北還要高聳，給人一種壓迫感，雖然馬路擁擠，人潮不斷，但是一切欣欣向榮，井然有序。

稍作休息後，四人在九點前抵達「中華美食展」所在的香港會議展覽中心。這是一棟豪華又現代的龐然建築，就位在美麗的維多利亞港邊。展場的大門口有一個很大的看板，上頭是「魯山東麵食坊」的巨大廣告，畫面上除了包子、饅頭等主力產品之外，還有方子龍雙手抱胸自信微笑的影像。

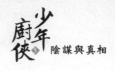

「快來拍照！」羽萱拉著志達在那看板前自拍合影。

「這可是我們贏得『企業盃廚藝大賽』冠軍的獎品之一。」方子龍也得意的笑著說。

走進會場，裡面是滿滿的攤位，來自海內外的餐廳、食品公司和特色點心鋪全都在此，包含閩、浙、粵、魯、蘇、湘、徽、川、京、臺等中華料理各大菜系，應有盡有。這會兒，參展商們正忙著布置場地、擺設展品、整理廣告單，牆上到處可見打折促銷的海報。

來到「魯山東麵食坊」的攤位，這裡果然比別的攤子大上三倍，方子龍聘請了五位香港當地的服務人員，這時也都在忙碌著。方太太連忙叫羽萱和志達幫忙搬椅子、吊掛海報、掃地等雜事。

方子龍轉頭到舞臺區旁跟歸凌高長老打招呼。歸長老正忙著開幕典禮的事情，兩人簡單寒暄兩句，就各自忙碌去了。

九點整開幕典禮正式開始，會場湧進洶湧的人潮，主辦單位用一段道教儀式取代傳統的典禮，只見十幾位道士在臺上擺開陣勢，搖鈴唸咒。志達和羽萱感覺十分新奇有趣，卻又不知這儀式跟美食有什麼關係，為什麼用它作為展覽的開場呢？

這時歸凌高終於得空，看他們驚喜又困惑的表情，走過來解答了他們的疑惑。「我的師父巴保舟師承清代名廚王小余，在學廚藝前得先學畫符道術。例如：化骨符，當被魚刺哽喉時可以派上用場；止瀉符，則是在吃下不潔食物時使用。」

「哇，太神奇了。」志達和羽萱大開眼界，大呼不可思議。

「唉呀！歸凌高長老，好久不見了。」魏鼎辛向他們走來，熱情的握住歸凌高的雙手。「方董事長，志達和羽萱，你們也來了，他鄉遇故知，太好了。」

「魏長老，瀟湘煙雨湘菜館也來參展啊。你們的攤位在哪裡？」方羽萱問魏鼎辛。

「就在前面那裡，有空過來坐坐。湘菜館每年都參加美食展，去年在日本，前年在北京，今年我特別砸下重金，攤位比往年大兩倍。」魏鼎辛高興的說。

「繼程怎麼沒來？」羽萱試探性的問。

「參展是大人的事。他要上學、補習、練功，一天都不能荒廢的。」魏鼎辛笑著說。

魏鼎辛表現得非常親切，沒有任何異樣，羽萱把志達拉到一旁，耳語說：「魏長老人那麼親切，卻被主上控制著，好可憐。」

「我也覺得他很和藹可親，不過別太武斷了……」志達說。

「各位來賓，大會報告。」主持人宣布，「舞臺前有粵菜名廚為大家製作的料理點心，免費提供給現場來賓們品嘗。」

「好耶！我們去吃。」羽萱興奮的拉志達過去吃東西。

長條桌上擺了好多粵式點心，前面的牌子一一寫上菜名。羽萱試吃後開心的說：「哇，這道廣州拉腸粉吃起來好滑嫩，荔灣艇仔粥也有好濃的米香味喔，志達你吃看看。」

志達吃了也覺得很美味，接著又吃了其他幾道，然後滿臉驚豔的說：「荷香糯米雞吃起來滑順香綿，蠔皇叉燒包裡頭有叉燒肉的炭香，還蘊含了蠔油的鮮甜，真是特別。」

方子龍、方太太和歸凌高一同走過來。

「來嘗嘗這泮塘馬蹄糕，爽口清甜，還有乾黃燒賣仔，肉餡很有咬勁。」方子龍和方太太也頻頻點頭稱讚。

「請問歸長老，曹星辰先生也會來會場嗎？」志達一心想查閱曹家族譜。

「不，他上午有重要的會議，我已經事先聯繫他，約了你們三人下午三點到大嶼山昂坪車站相見。曹先生會到那兒接你們去宗祠，很抱歉，我必須忙會場的事情，就沒辦法陪你們去了。」歸凌高帶著歉意說。

「我和你媽也不去了，今年的攤位規模很大，怕會忙不過來。」方子龍對羽萱說。

「沒問題，我帶志達去，我去過昂坪參觀大佛，知道怎麼搭車。」羽萱自告奮勇的說。

「歸長老，你曾說我可以來香港朝聖，不知道發明全脈神功的衛好農前幫主有什麼事蹟？我想趁機去遊歷參觀。」志達誠懇的說。

「衛好農三十多年前曾在香港寶蓮寺閉關，聽說他在某年夏至時，到附近的眉心穴吸取了極陽之氣而創出『全脈神功』。」

「眉心穴是什麼？」志達好奇的問。

「聽說是天地間陰陽互換的特殊場地，凡是有龍脈的地方都有一個。」

「哦？那眉心穴確切的位置在哪裡？」羽萱問。

「恐怕除了衛好農，沒有人知道。不過寶蓮寺是一個有名的名勝景點，你不妨去那裡看看，說不定會有意外的收穫。」歸凌高說。

「我去過寶蓮寺，就在昂坪車站旁邊。志達，我們提早去那兒參觀，那裡有大佛，還有纜車呢！」羽萱提議說。

「那就麻煩你當我的導遊了。」志達打趣的說。

典禮結束之後，羽萱便帶志達去搭地鐵。

他們到東涌站之後轉公車，志達疑惑的問：「不是有纜車嗎？」

「時間還早，我們搭公車上去，回來再搭纜車，可以省錢。」羽萱解釋說。

公車漸漸從繁華的市區轉入又彎又窄的山路，一路蜿蜒盤旋而上，遠遠的就看到一尊大佛矗立在山頭。

「寶蓮寺就在大佛底下，我媽帶我來過這兒吃有名的豆腐花。」羽萱指給志達看。

「什麼是豆腐花？」志達問。

「就是我們臺灣的豆花啦！」羽萱笑著說，「我們等會兒也去吃。」

「好。」志達說，心裡滿懷期待。

公車終於抵達終點站，兩人下車，映入眼簾的是一處山上平臺，左邊有市集，右邊是山，山頂便是巍峨高聳的青銅大佛。羽萱領著志達往右邊走。

志達往前看去，是一大片的寺廟建築群，而正對大佛的山腳下，有一座石造的圓形平臺，小中大三層相疊，圓周上有石欄杆圍著。他指著那平臺問：

「那裡是什麼設施？是大家參拜大佛的地方嗎？」

「你說對了，那裡叫做天壇，」羽萱說，「是祭天的地方，據說站在中央處說話會有回音。」

「啊！好特別的地方。」志達欣喜的猜想：「那會不會是歸凌高長老所說的眉心穴呢？」

「我不知道，也許是喔，」羽萱也雀躍起來，「我們快去看看。」

他們急速奔跑，來到天壇中央。

「方羽萱……萱……萱……」志達圈起手掌放在嘴巴前面，用丹田之力喊出羽萱的名字，果然聽見明顯的回音。

「林志達……達……達……」羽萱不甘示弱，擠開志達，也喊叫一聲。

「哈……哈……哈……」兩人忘情大笑，製造出更多回音。

兩人離開天壇，進入佛寺內，先在彌陀殿和大雄寶殿內參拜停留，又到各個院落和建築間走走看看。志達想到這兒是全脈神功的發源地，心中又興起一層敬意。

「逛了那麼久有點餓了，休息一下，去吃素齋點心吧！」羽萱提議。

「好！」

兩人來到一旁的「緻寶齋」，點了雙份的豆腐花、紫米糕和蘿蔔糕。

「嗯，豆腐花細緻綿密，滿嘴都是黃豆香。」志達邊吃邊品評，「紫米糕有紫米特殊的香味，而蘿蔔糕則有清爽軟嫩的白蘿蔔甘甜。」

「我就知道你會喜歡。」羽萱開心微笑。

吃完之後，羽萱熟門熟路的拉著志達往大佛方向走去，志達看見一長排的階梯直通雲霄。兩人買了門票，開始往上爬，由於都是練家子，腳步比起一般遊客們輕快許多，很快就來到大佛的蓮花座。那大佛法相莊嚴，慈眉善目，讓人不禁對祂合掌鞠躬。大佛周圍還有幾個天女造型的銅像，恭敬虔誠的向祂蹲跪進獻寶物，姿態優雅，增添了活潑氣息。

這兒視野遼闊，志達在蓮花底座下繞了一圈後，進到大佛底下的屋內參觀，留羽萱在門口處看紀念品，忽然間，志達懷裡傳出劇烈的震動。

「啊！是軒轅石……」志達驚異的說。

第四章 尋找曹氏族譜

志達好奇的握著軒轅石，腦中竟然出現一幅奇特的畫面，原本的山頂平臺變成一片原始的山坡地，地上長滿了雜草，身旁零星生著幾棵大樹。

「喝！」有個中年人正在樹下練功。

啊！這不正是全脈神功第一式嗎？志達驚訝的想著。

那個人運用內力，手腳協調的打出拳腳功夫，全身卻散發出一股暖氣，彷佛春風吹過百花園。志達看著，感覺舌尖傳來甜味，不覺一愣。

「啊！甘甜的滋味，像是舔了蜂蜜冰淇淋……又像喝了清香的烏龍茶，喉頭出現了回甘的韻味……」

中年人繼續打出第二式神功，那內力釋放出來，如夏天的驟雨潑灑在鐵皮屋頂般震撼人心。志達的舌頭又有感應，像是吃了檸檬的酸，果醋的嗆，像有一支無形的尖鉤子在心上撩撥。

「啊！還記得在入幫大會時，二十五位新弟子打出君子掌和果拳時，集合眾人內力讓觀眾們聞到了花香和果香，而現在這個人只憑一人之力卻讓我聞到、嘗到美食的味道。這麼上乘功夫的表現，表示他的內力達到很高的境界啊。」志達驚訝的想著。

接著那個人打出全脈神功第三式，他的內力，輻射出海濤沖岸、石破天驚的衝擊力。志達受了震盪漲紅了臉，忍不住張開嘴想找水喝，因為不只舌頭，而是整個口腔都充滿了針刺蟻咬般的刺痛感，像是吃了魔鬼辣椒。

他注意到那個人眉心發出紅光，為什麼會這樣呢？

那個人繼續打出第四式。那飽滿的內力宛如咚咚戰鼓，透露出摩拳擦掌，躍躍欲試的戰鬥力。

志達覺得嘴裡好似嚼著上等的臘肉，臘肉的鹹香與核桃木的香氣融合在一起，頓時心中冒出貪念，想當個首領向前衝去攻城掠地……

他是衛好農……

「誰？誰在跟我說話？」志達驚訝的問。

他曾經穿越到清朝同治年間，遭遇鄧捷的五毒陰功，察覺這武功會危害人間，因此研究它的原理，逆推思考，創造出足以克制的全脈神功……

志達看那中年人自顧自的在練功，並沒有開口，他馬上了解，是手中的軒轅石在傳遞訊息。

他擔心五毒陰功再現江湖，將來無人能敵，因此製作祕笈傳給灶幫幫主。

「可是祕笈中又不直接寫出內力心法，而是要人家去向五大神菜的發明人學習，這又是為什麼？」志達心中發出疑問。

他希望歷任幫主用神功維護武林秩序，但又擔心被不肖分子學走，因此設下限制，搭配軒轅石穿越的神力，讓後人從中體會學習。

「原來是這樣，真的是用心良苦啊！」志達讚嘆的說，接著又問：「這裡就是他發明全脈神功的地點嗎？」

此地乃陰陽交替之所，夏至陽氣達到顛峰，此後消滅，陰氣開始滋長，到冬至時陰氣最盛……

志達忽然想起一個重要的問題：「主上到底是誰？」

一片靜默。志達又問了一遍，軒轅石依然沒有回音。

「兩顆石頭，哪一顆比較強？」

「蚩尤石在誰的手上？」

「擁有蚩尤石的曹家子孫是誰？」

志達又問了其他幾個問題，軒轅石都不再回答，眼看那衛好農就要打完第四式了，志達一心想窺看全脈神功第五式，於是睜大眼睛，殷切的注視企盼。

「林志達！快一點，約好的三點快來不及了。你在發什麼呆？」

「啊！」志達恍然驚醒回到現實世界，看見羽萱在叫他。

他再次握住軒轅石，已經沒有感應了。

「唉！好可惜。」他在心中輕輕喟嘆，不過至少他知道這裡便是歸長老口中的眉心穴。

兩人急忙走下階梯，前往昂坪車站。

遠遠的就看見一部黑色轎車停在那兒，一個年輕司機站在車子外面，看見他們趕過來就問：「你們是林志達和方羽萱嗎？」

「是的。」兩人一同回答。

「曹先生在車子裡，請上車。」司機打開後座車門。

他們坐進車子裡，前座的曹星辰轉頭跟他們打招呼：「兩位廚俠，玩得還開心嗎？」

「曹先生好，我們玩得很開心。」羽萱笑著說。

「今天要麻煩你了。」志達很有禮貌的說。

「不麻煩，身為全球曹氏宗親會的理事長，這是我應該做的。」曹星辰親切的說，「雖然你們不姓曹，但是既然對曹氏族譜有興趣，我便樂意幫忙。」

「我們想查閱曹雪芹一門的後代。」羽萱說。

「我知道，歸凌高先生已經跟我提過了，沒有問題。」曹星辰回答。

車子啟動後在山路上繞著，不久停在一個廣場上。司機留在車上，曹星辰領他們走過長長的石板小徑，來到祠堂門前開了門鎖，領他們進屋內。

裡面的布置很像廟宇，雕梁畫棟之外，左右兩側各自擺設了四套太師椅和高腳茶几，看起來莊嚴肅穆，清幽雅靜，像是一座古宅的廳堂。神龕上設置了一個很大的木頭牌位，上面寫著「曹氏列祖列宗長生牌位」。

「空氣中有股霉味。」羽萱皺著眉頭，有點不舒服的說。

「是的，這兒靠近大海，溼氣很重。」曹星辰先開了窗戶，然後點燃一把線香，分給志達和羽萱。「宗祠平常都是鎖起來，只有在祭祖時才會打開。來，我帶著你們向主人打招呼。」

志達和羽萱恭敬的面對神龕，聆聽曹星辰祝禱。

「曹氏列祖列宗在上，子孫曹星辰在下，今天受到灶幫的歸凌高長老請託，協助林志達和方羽萱查閱族譜。」曹星辰又說，「恭請列祖列宗庇佑我曹家子孫，人丁興旺，瓜瓞綿綿，事業昌隆。」

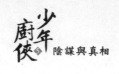

他們跟著曹星辰鞠躬三拜。拜完之後，曹星辰拿過他們的香，一同插在香爐裡，然後蹲到神桌下，打開保險櫃拿出族譜。

那族譜厚厚一本，在深藍色的外皮上，有貼著一片小小的長方形白紙，上面素淨的寫了「曹氏族譜」四個字，十足舊時線裝書的模樣。

「族譜的形式有很多種，有些簡略，有些詳盡，而我們曹氏族譜是屬於非常詳盡的那種，不只記載姓曹的子孫，過繼、出贅、入贅的人，也都會記載在上面。又比如死亡的年歲也有差異，例如：七歲以前死亡會標記『早殤』，八到十五歲稱『早夭』，死於五十歲以下標注『年幾歲』。至於六十歲以上的，叫做『享壽幾歲』……」曹星辰抬起下巴娓娓道來。

「哇！真講究，好有學問。」羽萱驚嘆說。

「曹雪芹是清朝的大文豪，據說是曹操的子孫，不過我們這族譜只記載明朝開國至今的族人姓名，無法往上追尋，證實跟曹操的關係。」曹星辰說著，把族譜放在一個高腳茶几上，正準備打開來給他們看，忽然聽到戶外有人大喊。

「無禮小輩，竟敢帶外人騷擾祖先，簡直敗壞門風……」

「是誰在外面嚷嚷？」曹星辰十足驚愕，走到門外察看，志達和羽萱也好奇的跟在他後面去看。

剎那間，一個黑影從窗戶竄進屋內，搶走了茶几上的族譜。

「不好！」志達餘光瞄見，急忙從窗戶跳出去追人。羽萱回頭看見，也慌張的跟上去。

志達一邊追著，一邊從那人的背影認出那是變成人形的殘獅。志達施展輕功往前追，殘獅看苗頭不對，急忙把族譜放進嘴裡咬著，瞬間變成大獅子，四足加速往前奔馳，果然勝過志達的兩腳。

「絕不能讓族譜被搶走。」志達一邊心想，一邊內力貫進丹田，腳程再下兩成，終於在昂坪車站前約一公里處擋下殘獅。

志達使出全脈神功與殘獅打鬥，殘獅咬著族譜，無法張嘴攻擊，只能揮舞兩條前肢的利爪回擊。才過了三回合，殘獅就傷重倒地，志達順利的搶回族譜。

「志達！」這時羽萱也追上來。

志達回頭，卻察覺空氣中的詭異震動，感受到有東西朝他射來，反射性想躲開，沒想到殘獅撲上來環抱住他，瞬間聽到殘獅慘叫一聲便癱軟在他身上。

「怎麼回事？」志達掙脫起身，只見殘獅的背部中了一支針，性命垂危，憤怒的說：「又是毒針，可惡！」

殘獅倒在地上奄奄一息，胸口浮出肉團。志達急忙施起吸拉的內力，要幫他拔出毒針，沒想到殘獅卻說：「不要救我，上回任務失敗後，我被主上嚴厲責罰，非常痛苦，這一回我又失敗了，我不願再忍受這種被操控的折磨。你們快走，快！」

志達看見不遠處有個黑衣人追過來，只得快步跟羽萱往車站跑。

黑衣人來到殘獅身邊，見他胸口冒出一隻大蟾蜍，便上前要抓走蟾蜍。殘獅拚著最後一口氣，一口將蟾蜍咬死，並緊抱黑衣人的腳，拖住他的行動。

黑衣人異常憤怒，頻頻向殘獅揮掌，花了一番功夫才得以掙脫。

第五章
纜車上的黑衣人

天上飄下雨絲，志達抬頭看見陽光不見了，天空一片陰灰。

兩人跑到昂坪車站，一看公車還沒來，羽萱便帶著志達直衝纜車站。

「太好了，今天遊客不多，不用排隊。」羽萱急忙去買車票，很快就進了纜車車廂。

纜車高高升空，窗外烏雲滿天，腳下是山坡跟大海，兩人坐在纜車裡，總算鬆了一口氣。

「我們趕快來查族譜，等會兒下了纜車，再想辦法跟曹星辰先生聯絡，把族譜還給他。」羽萱急切的說。

「好。」志達雙膝併攏坐好，把族譜放在大腿上，然後輕輕打開。

「哇，這麼多人名，曹雪芹在哪裡？這該從何查起？」羽萱困擾的說。

「別急，慢慢查，總會找到的……」

「砰！」猛然一聲巨響，車廂劇烈晃動，兩人還搞不清楚怎麼回事，卻見車廂門被打開，黑衣人竄進來一把搶走族譜，然後爬到車廂頂上。

「他是從哪裡來的？」羽萱驚恐發問。

志達不甘心讓他就這麼搶走族譜，急忙也爬出去，上了車廂頂。

兩人在狹小的車廂頂對峙，志達打出全脈神功第三式，雙掌一出，黑衣人卻轉眼不見蹤影。同一時間，志達發現背後有動靜，回頭看，卻發現對方竟然在離他十公尺遠的地方，整個人漂浮在半空中。

天哪！這是什麼神奇的功夫，竟然能擺脫地心引力？志達驚恐又困惑。

「轟隆！轟隆！」一大片烏雲罩在頭頂，空中雷聲大作，電光四射，把對方的身影照得格外清晰。

啊！這下志達看清楚了，原來對方是以輕功站在高懸的纜車繩索上。於是他也用輕功跳上纜繩，追過去搶族譜。

「嘩啦！嘩啦！」狂風一吹，天空下起滂沱大雨，只見車廂搖晃，纜車繩索也左右飄搖，黑衣人急忙站穩，將族譜嚴密的塞進懷中，不讓雨淋溼。

志達站在纜繩上，努力保持平衡，然後頻頻向黑衣人打出神功，誰知對方的身影隨著風勢左右飄蕩，難以瞄準。為求準確，他欺近黑衣人的身前，近距離打出神功，然而黑衣人站在纜繩上仍如履平地，一會兒跳起來躲開攻擊，一會兒竄到志達的背後，有如神祕的鬼魅。有幾次志達差點失去平衡，還好最後都及時抓住纜繩，翻身再跳到繩索上行走。

雙方你來我往，不知不覺已經接近後方那輛纜車車廂，志達望著那車廂，這才發現纜車停止前進，車廂在狂風中晃來晃去。他心想，應該是因為風雨的關係，纜車的行控中心為了安全起見暫時停駛。眼看著難以取勝，若是繼續對戰下去，族譜必然會被搶走，這該如何是好？

志達看見那個車廂裡空無一人，門半開著，心想黑衣人便是搭這車廂上來的。他心生一計，奮力用輕功一躍，跳到車廂的側邊，同時施展吸拉的內力，讓雙手雙腳吸附在上面，頭下腳上的緊緊攀附著。

黑衣人看見了，想回頭跑向羽萱所在的車廂，志達即刻抬起頭，伸長雙臂也對他施展出吸拉的內力。

「唉呀！」黑衣人大叫一聲在空中翻飛，整個人被志達強大的力道吸過去。

志達用右手抓住黑衣人的右手臂，另一手朝他懷裡掏出族譜，終於將它搶了回來。

「呼呼！嘩嘩！」大雨不停的下著，狂風也不停的吹襲。黑衣人吊懸在半空中，顯得驚慌失措。

志達心想，既已搶回族譜，應該救黑衣人上來，否則他將摔落深深的海灣，就此葬身海底。

這時志達忽然感到手臂在搖擺，原來黑衣人竟把他的手當作鞦韆，兩、三下之後，黑衣人往上擺盪，同時向志達推出內力。志達急忙躲過，回頭看見車廂上留下一個黑掌印。

這內力產生的反作用力，瞬間將黑衣人回推到羽萱的車廂頂上。

「轟隆！轟隆！」天空雷電交加，志達看見黑衣人從懷中掏出一個小布袋，並抓出一條黑黑的東西，威脅的大喝說：「把族譜交給我，不然我就放毒蛇咬她。」

志達吃了一驚，然後堅定的說：「不給。」

兩人僵持了一會兒，黑衣人蹲下來，作勢要丟毒蛇進去。

「等一下！」志達無奈，只好輕功跳上繩索，跨步到他面前交出族譜。

黑衣人拿了族譜後，伸頭往下方看，隨即縱身一跳。

志達驚訝的低頭望去，發現正下方有一艘遊船正航行經過，一眨眼，黑衣人便輕功落在那遊船上。

志達原本想跳下去繼續追擊，但腳底的車廂卻傳出尖叫聲。

「啊！救命啊！」

「難道黑衣人趁跳下去的瞬間，仍然把毒蛇丟了進去？可惡！」志達一驚，急忙打消追趕的念頭，爬回到車廂內察看。

他發現羽萱右手抓著左臂，臉色發白，表情痛苦，警戒的看著前方那比手臂還粗壯，昂首吐信的眼鏡蛇。

「啊！你被咬了。」志達驚駭不已，但努力讓自己鎮定下來，急忙在羽萱的心口附近點穴，以免毒血流進心臟。

而那眼鏡蛇仍不斷的向前探頭，像要繼續發動攻擊。

「先不要慌。」志達一邊安撫羽萱，一邊調和內力，使出強勁的一掌，將毒蛇擊斃，並使出吸拉的內力，讓那條死蛇像被一雙無形的大手抓起來，漂浮在半空中，然後經過兩人的眼前，穿過車廂門。

志達倏地收功，那條死蛇便直直墜下海裡。

他按住羽萱的傷口，用內力隔空吸出毒血，羽萱痛叫一聲便昏了過去。

＊＊＊

在臺灣的瀟湘煙雨湘菜館樓上，李繼程趁著外公到香港出差不在，晚餐時間放縱的打著電動，還胡亂吃了零食，到了晚上十點多，肚子餓得受不了。但這時候樓下餐廳已經打烊，廚師們和服務人員收拾得差不多，正圍在靠廚房最近的圓桌享用宵夜。

繼程帶著手機跑到一樓，用懇求的語氣問：「我可以跟大家一起吃嗎？我肚子好餓。」

「你可是小老闆，我們吃的都是些沒賣出去的剩菜，我來做幾道菜給你吃。」洪規果貼心的說，「我知道你愛吃左宗棠雞。」

「不用了，我跟大家吃一樣的就好，廚具都已經清洗乾淨了，就不要再麻煩了。」繼程笑著說，「這裡有現成的乾鍋花菜、剁椒魚頭，也都是我愛吃的。」

「好吧！冰箱還有涼菜，我去端幾盤過來。」洪規果說完就去拿了。

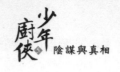

繼程自己盛了一碗飯坐下來，跟大夥兒一起吃得津津有味。

「大伯，你在這兒工作還習慣嗎？」繼程關心身旁新來的洗碗工，也就是之前他和志達遇到的遊民。

「繼程少爺，我很好啊！很感謝你給我一個棲身之所。」那人感激的說。

「不要叫我少爺啦，我跟大家都一樣。」繼程爽朗的說，「你不用客氣，餐廳也很需要你的幫忙啊！」

大家東南西北的閒聊，開懷的吃著。

洪規果拿了兩盤涼菜過來，擺在繼程前面。「繼程啊！洪叔叔好意提醒你，你交朋友要多小心，林志達和方羽萱怪怪的。」

「有嗎？他們哪裡怪了？」繼程把目光轉到洪規果的臉上，困惑的望著他。

「你生日那天，林志達和方羽萱鬼鬼祟祟的，似乎打算偷跑到樓上去，可能想偷東西什麼的，你不要跟他們走太近，免得吃虧。」

「吃虧？不會啦！」繼程鄭重的說，「林志達是我的生死之交，羽萱也對我很好，你誤會他們了。」

「好吧，也許是我想多了。你慢慢吃，我忙了一天，要去樓上睡覺了。」洪規果說完就離開了。

繼程雖然反駁他，但不免回頭又想，生日前一天曾看見志達出現在樓下，但志達矢口否認。他和羽萱也曾經來家裡調查大火裡跑出怪獸的事，想從瘋癲的虹虹阿姨口中問出線索，如果洪規果說的是真的，難道他們現在還在懷疑阿姨？繼程接著又想，生日那天，他們確實說要去上廁所，卻又不去原本指引他們去的那一間，而跑去大樓的另一間，這又是為什麼？

想到這兒，他已被洪規果挑起了強烈的好奇心。

他食慾大減，看大家陸續回樓上休息，他草草收拾飯菜，將餐具拿到廚房清洗，接著預備搭電梯回到自己住的十六樓，不料電梯竟在十五樓停下來……

第六章 地下暗室的機密

「嘻嘻，火車要鑽到地下道了……」電梯開門後，虹虹阿姨竟然闖進來，看見繼程之後興奮無比，原地手舞足蹈。「啦啦啦！浴缸小鴨愛唱歌，洋娃娃不想洗澡……」

「阿姨，你不睡覺，怎麼跑出來了？」繼程嚇了一跳，急忙按著阿姨的肩膀，將她推出電梯，然後打開大門送她進客廳。

「不要推我，我要去找太陽公公……」魏虹一邊抗拒，一邊被推著往房間走。

「楊小姐！楊小姐！你在哪裡？怎麼讓阿姨跑出去了？」繼程對屋裡呼喊。

「啊！來了來了……」看護楊小姐穿著睡衣從浴室跑出來，看見繼程帶著魏虹便說，「哎，虹虹啊！我只是洗個澡，你就亂跑了，真不乖。繼程，你先幫我看著她，我吹乾頭髮就來。」

繼程只好把阿姨哄騙進房間，陪她不著邊際的說話。

一會兒後，楊小姐整理妥當走進房間。

「你辛苦了，最近常常加班，都不能好好休息。」繼程貼心的對她說。

「還好啦，老闆很久沒出差了，就只有去香港這兩個晚上。」

「咦，前幾天我外公不是也出差嗎？」

「哪一天？」

「就幾天前啊，我生日過後。」繼程數日子給她看。

「沒有啊！」楊小姐搖頭說，「那一天老闆沒有叫我來。」

「你確定嗎？」繼程疑惑的問，「那天外公說自己不在家，要我邀請志達來家裡過夜，一起切磋功課或武功。」

「沒有，那天我確定沒有。」楊小姐肯定的說。

「你沒有加班，那就表示外公沒有出差。」繼程轉而自言自語，思索起楊小姐的話與最近一連串怪事有無關連。「難道外公騙我？會嗎？為什麼呢？」

「虹虹，快上床睡覺，我講故事給你聽。」楊小姐哄著說。

「不要！」魏虹大聲抗拒，然後撿起地上的娃娃，往楊小姐身上丟。

「天哪！你今天中午一定是睡太飽了，現在精神好得不得了，唉！今天晚上又有得耗了。」楊小姐哀怨的嘆氣。

這時繼程口袋中的手機響起，他拿起來一看，是「少年廚俠」群組裡傳來訊息，他急忙點開。

羽萱：我剛剛在整理雲端的照片檔案，看見小時候的照片，跟你們分享。

那句話下面正是一張她和爸媽、爺爺、奶奶的全家福合照。

志達：你小時候好可愛，那是幾歲的照片？

羽萱：是小一的照片。繼程，你怎麼沒回話？在忙嗎？

繼程：沒啦！我剛吃完晚餐。

繼程走到客廳，在沙發上坐下來。

志達：晚餐？都快十一點了，是宵夜了吧！

繼程：香港好玩嗎？

志達：好玩。

繼程：唉！真羨慕你們，我只能在學校上課，好無聊。

羽萱：你們兩個也有全家福合照吧！我想看。

志達：我有，不過擺在我臺南外公家，現在沒辦法給你們看。

羽萱：繼程你呢？你小時候一定很可愛。

繼程：我們家有一張放大沖洗的全家福合照，是我滿周歲時拍的，不過放在我外公房間，他出差時房門都上鎖。啊！對了，我記得我媽曾經叫我拍下來傳給她看，我找一下。

不久繼程也貼出一張全家福。

羽萱：你小時候好嬌小可愛。

志達：你外公看起來很年輕。

羽萱：抱著你的是你媽嗎？看起來有點年紀了。

繼程：不是，那是我外婆，她在我小時候就過世了，好像是我四歲的時候。右邊那個女生才是我媽，另一個女生是我阿姨。我媽身邊那個男生是我爸。

志達：怎麼沒有你爺爺奶奶？

繼程：我爸十幾歲時父母雙亡，成了孤兒，是靠親戚輪流撫養長大的。

羽萱：難怪都沒聽你提過他們。好，沒事了，我要繼續整理照片。

志達：881

繼程：好，881

繼程關了手機，癱坐在沙發上臆想：剛才羽萱說要看我家的全家福照片，難道也是在試探什麼、調查什麼嗎？還有，阿姨應該是真的看過大火和怪獸，才會說出這樣的話吧？難道阿姨見過赤焰大仙？

「楊小姐，你幫我個忙。」繼程走到房間門口對看護說。

「什麼事？」楊小姐好奇的問。

「等我一下。」

繼程跑上十六樓，從自己的錢包中掏出一張千元大鈔後跑下來。

「我幫你看著虹虹阿姨，你幫我去麥當勞買一份套餐，找的錢全部都給你。」他把鈔票拿到楊小姐眼前。

「什麼？那可比買東西的錢還多啊？」

「這是慰勞你加班的辛苦啊，你去不去？不去的話我就自己去了。」

「我去。」楊小姐看了魏虹一眼，急忙抽走鈔票。「不過麥當勞離這兒很遠，我走路過去，來回可能要半個小時以上。」

「沒關係，你慢慢來，我剛剛在樓下吃過晚餐，這是要買來當宵夜的。趁我外公不在，我要熬夜打電動，你可別跟他說喔！」

「好啦！年輕人就是有本錢熬夜。」楊小姐說完便開開心心的走了。

繼程走到客廳大門前，把大門上鎖，接著急忙回到阿姨房間，假裝興奮的對她說：「虹虹阿姨，轟一聲，大火燒起來，一隻怪獸跑出來……」

他等著阿姨的反應，阿姨卻還在丟娃娃，這會兒是丟向牆壁。

「虹虹阿姨，轟一聲，大火燒起來，一隻怪獸跑出來……」繼程又說了一次，心想或許能套出什麼話來。

「啊！大火燒起來，一隻怪獸跑出來……嗚……怕怕……虹虹怕怕……」阿姨號啕大哭。

「好好好，乖，不哭。」繼程走過去安慰阿姨。

「玩遊戲就不哭。」阿姨馬上止住淚，煞有介事的盯著他的眼睛談條件。

「好啊，玩什麼遊戲？」繼程亂說，「火車過山洞好不好？」

「不好。」

「猜拳好不好？」

「不好。」

「那你要玩什麼？」

「我要玩……躲貓貓……」阿姨轉著眼珠子，開心的說，「你當鬼。」

「好啊，我是膽小鬼。」

「哈哈哈，你是膽小鬼。我要衝了，火車嘟嘟……」阿姨右手握拳舉高，雙腳原地踏步，接著快速往房門外衝出去。

「呵！」繼程不禁真心笑了，並且無奈的搖搖頭說，「怎麼說要玩躲貓貓，卻比劃起火車過山洞的動作呢？真是的！」

「十、九、八、七……」繼程認真的倒數計時，然後開始去找阿姨。「虹虹阿姨，膽小鬼來嘍！」

房間裡悄然無聲。

「虹虹阿姨，你在哪裡？」

繼程一連喚了幾聲都沒有回應，客廳沒有人，大門被他鎖上了，阿姨不可能出去，於是他便往同層樓其他地方尋找。經過外公的房間時，他轉動門把，果然是鎖上的，阿姨不可能躲在裡面。那麼就只有品酒房了，平常外公不希望他進去，這會兒外公不在，他可以堂而皇之，大搖大擺的走進去。

「虹虹阿姨，膽小鬼來抓你嘍！」

屋裡沒有開燈，漆黑一片，他猜阿姨就躲在吧檯後面。

「抓到你了！」他轉到吧檯旁，往前撲上去說。

沒想到他竟然撲空了。

「怎麼可能？這裡這麼小，阿姨沒地方躲啊。難道她躲回房間了？」

他狐疑的又跑回房間，把床底下和衣櫃都找遍，就是沒有阿姨的蹤影。

「不可能吧！這層樓沒其他地方了啊！」

他又回到客廳搜尋了一番。沒有。他來到品酒房，開了燈，卻赫然發現酒櫃縮減了一半面積，旁邊有一面奇怪的牆壁。

「這是什麼？」他好奇的走過去，兩眼直愣愣瞪著眼前的景象。「電梯？這裡怎麼會有一座電梯？」

他心中萌生一股不祥的預感。

他伸出顫抖的手，按下電梯鈕。

幾秒鐘過後，電梯門打開，他感覺胸口的心臟劇烈跳動，忐忑不安的走進去。

接著電梯門關上，直直往下降，他的心臟彷彿也往下掉。

電梯抵達地下三樓時自動開啟，他走出去，看見前方有個房間，門是開的，裡面漆黑一片。除了門旁的牆上有一幅畫之外，其餘空無一物。

他好奇的往房間走過去。

「虹虹阿姨……虹虹阿姨……你在裡面嗎？」

「吼……」當他走到門口時，忽然一個黑影撲上來，他嚇得跌在地上。

「怪獸跑出來了！轟轟轟，大火冒出來，哈哈哈……」原來是阿姨調皮的撲在他身上。阿姨一邊笑，一邊跑去按電梯。「虹虹在這裡，快來抓她……」

「這裡居然有個房間，我竟然都不知道……」繼程心中塞滿了好奇，無暇理會阿姨。他在門口附近的牆壁摸索了一會兒，終於找到開關，點亮了房間的日光燈。

但燈亮之後，他驚訝得目瞪口呆，環顧著四周的一切，久久無法言語。

「這些東西太可怕了，太可怕了……」他好不容易吐出一句話，卻也只能重複這句話。

那一面電視牆簡直媲美電影裡犯罪集團的監視設備。他坐到控制臺前，打開開關，十幾個螢幕瞬間亮起來。十五樓的客廳、阿姨的房間、品酒房、樓梯間、餐廳、他的房間、舅舅的房間、員工宿舍……全都呈現在螢幕上。

這時的阿姨，正在電梯裡面跳舞……

空氣中充滿了腥味和怪臭味，他不敢大口呼吸，只得半憋著，用嘴巴換氣。

「天哪！這……為什麼……」他不知道該用什麼形容心中的震撼與害怕。

他發現控制臺下有個抽屜，他好奇的拉開，裡面放了許多雜物，其中一個古舊的紙袋引起他的注意。

繼程把紙袋裡的東西拿出來，發現是一疊信紙，他拿出其中一張，慢慢的讀出內容。

讀著，讀著，他不禁流下了傷痛的眼淚……

第七章 第五道神菜

「問出來了，原來他的外婆已經過世了。」羽萱躺在香港飯店的床上。經過治療後，她的身體已無大礙，只是手上還包著紗布，整個人顯得有一點虛弱。

「不能排除看護楊小姐。」志達說。

「還有繼程的媽媽，甚至是其他女員工。」羽萱提醒，「你看過赤焰大仙的神像，有沒有覺得跟誰比較像？」

「靠神像來推測不準。雖然花幫主親眼看過赤焰大仙，但是雕刻神像的工匠卻沒有看過，工匠是靠他人的轉述來模擬大仙的長相，一定會失真。」

「好吧，至少我們曉得繼程家的女生長得什麼模樣，下次如果有機會親眼見到赤焰大仙就可以分辨出來。」

「不過，奇怪的是，我跟繼程回到明朝巧遇的赤焰大仙是女生，她在我們面前抓走了噬血魔；而今天下午，那位殺害了殘獅的黑衣人，雖然外面風大，黑衣人也蒙著臉，但我聽得出來他的聲音是男生。加上之前在古代和在安養院外交手的黑衣人，身材都很魁梧粗壯，不像是女生。」

「聽你這麼說，是推測有兩個主上嗎？一個是明代那個女生，一個是纜車上那個男生，這樣真的很奇怪。」羽萱皺著眉頭，「你有沒有頭緒？」

「雖然我有一些想法，可是在沒有確切的證據之前，我不想胡亂揣測，免得誤會人家。」

「我知道你說的是誰。」

「你又知道了？」

「哈，當然嘍。」

「別說這些了，你好好休息吧。」

「只怕我睡不著了。」羽萱擔心的問，「曹星辰先生有說什麼嗎？」

「曹星辰要我轉告你好好休息。他事發後就報警了，還說那個黑衣人如果真的跳到船上，一上了岸他們警察也難以調查了。我有跟他說，我會努力把曹氏族譜找回來的。」

「看來，這本族譜對主上也很重要，否則主上不會想盡辦法搶走它。」

「而且他還怕族譜掉進海裡，或被雨水淋溼，非常小心的藏在懷裡。」

「可見裡面一定有確切的證據。」羽萱斬釘截鐵的說。

「你快休息吧，別再說話了。」

「我現在好擔心。」羽萱看著手機上的時間說。

「擔心什麼？」

「我被毒蛇咬了，那似乎也是五毒魔物之一，我怕自己會跟安南一樣變成噬血魔。」羽萱憂心的回憶說，「我記得在皇宮裡逃難時，虎魔被侍衛們的亂箭射死，主上曾現身收走毒蛇。」

「就算咬傷你的是五毒魔物之一的毒蛇，你也不用擔心。我用內力把毒血吸出來了，還經過醫院的妥善治療，應該不會有事。」志達安慰她。

「快要十一點了，安南那時每到凌晨都會變身，我好怕。」羽萱焦躁不安。

「別怕，有我陪你，確保你沒事我再回房間休息。」志達把椅子往床邊挪近，希望多給羽萱一些安全感。

「嗯。」羽萱輕輕點頭，眼中閃著晶瑩的淚光。

時間一分一秒過去，志達故作輕鬆的滑著手機，還輕輕哼歌，為的就是降低羽萱的焦慮。

羽萱打開電視看著影集，藉故轉移注意力，不過心中還是忐忑不安。

等著等著，十一點過去，十二點也過去，羽萱都沒有出現怪異的現象，志達終於可以安心的跟她道晚安，回自己的房間睡覺。

隔天早上，志達去探望羽萱，她早早起床，看起來精神不錯。

「我好多了。」她開心的說。

吃早餐時，方子龍對羽萱說：「我昨天晚上跟你媽商量好了，為了安全起見，讓她提前帶你和志達回臺灣。」

「是啊，美食展的事情交給你爸去處理就好了，我們先回臺灣，至少醫療比較方便。」方太太也說。

「我沒問題，問問志達的意願吧。」羽萱看向志達。

「曹氏族譜怎麼辦？它是因為我們去查閱才被搶走的，我們沒有搶回族譜，還這樣一走了之，真對不起曹星辰先生。」志達憂心的說。

「我問過曹先生了，他不怪你們，還交代我告訴你不要自責，族譜被搶的事就交給警察去辦。」方子龍說。

「好的。」志達回答，但心中卻興起一個念頭。他可以趁魏鼎辛不在，再次潛入魏家，到地下暗室去查個清楚。

於是用過飯店的早餐之後，他和羽萱便回房整理行李，讓方太太提前帶著兩人搭機回臺灣。

飛機在桃園機場降落，再轉捷運回板橋，回到羽萱家時已經下午兩點了。

羽萱進房整理行李，志達看看時間，這時候魏虹都會外出「郊遊」，繼程也在學校上課，魏家沒人，正是最佳的調查時機。他急忙把行李箱丟在房間，沒有通知羽萱，自己搭公車跑去繼程家。

這回他沒有從一樓進入，而是跑到大樓後面沒有人的巷子裡，用吸拉內力爬到二樓，再從二樓搭電梯上到十五樓。接著，他又從樓梯間的窗戶爬出去，沿著外牆從品酒房爬進來。

他憑著印象轉動那瓶酒，卻發現酒瓶一動也不動。

「難道機關被關閉了？」志達暗忖，「糟糕，這樣就無法去地下暗室了。」

他走出品酒房，卻發現隔壁魏鼎辛的房門沒關。

「繼程不是說，他外公出差時會把房門鎖上，難道是忘了鎖？」

眼見機會難得，他便悄悄的溜進去察看。首先映入眼簾的是床頭上那張加框的全家福照片，不過看了其他地方好一會兒，並沒有發現什麼可疑的東西。

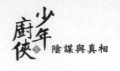

忽然房間另一頭傳來腳步聲。

「虹虹，是你回來了嗎？我不在的時候，你是不是動過品酒房的酒瓶？我回家時發現出門前忘了上鎖。以後我不在家的時候，你不要動酒瓶喔！好不好？」魏鼎辛和藹的說著，那聲音往客廳而去。

志達嚇一跳，原來魏鼎辛比他早一步回來。

「咦？奇怪，虹虹還沒回來啊。那怎麼聽到有聲音？」魏鼎辛似乎從桌上拿起一樣東西走進魏虹房間，沒多久又轉回自己的房間，探頭進來察看。「咦，真的還沒回來。這看護就愛帶虹虹去公園，她好樂得輕鬆。唉！也好，一直待在屋內也怪悶的。」

魏鼎辛沒有看到志達，因為志達早已用吸拉的內力爬上房門，躲過了魏鼎辛的視線。但志達看到魏鼎辛的手中捧著一本藍色的線裝書，他詫異極了，心想這很像是香港的那本「曹氏族譜」啊！

魏鼎辛捧著書打開大門，從樓梯間往上爬。志達躡手躡腳的爬出窗戶，發現魏鼎辛進了神明廳。他悄悄的攀吸在神明廳的外牆，透過窗戶偷偷往裡看。

魏鼎辛把那本線裝書放在案桌上，點燃三炷香，面向灶王爺肅立舉香。

「弟子魏鼎辛今日欣得族譜，全賴祖師爺冥冥中庇佑。先父當年來到臺灣，慌亂中沒有帶上族譜，心中滿是遺憾。現在有了族譜，總算可以追本溯源，也了卻先父心中一樁遺憾。」

那本書厚厚的模樣，藍色的封面，還有線裝書的樣式，分明就是那本「曹氏族譜」！志達心想，這可惡的主上，終於被我抓到證據了。

魏鼎辛祭拜完之後，帶著族譜下樓，出了餐廳大門到路邊招計程車。

志達無法再忍受，直接施展輕功跳下去，跑到他面前攔截。

「魏鼎辛你站住，你這可惡的主上，不僅毒害我媽，也間接害死了湯之鮮，我要揭發你，讓你付出代價。」志達憤恨的說。

「林志達？」魏鼎辛驚訝的問，「你不是跟方子龍一家在香港參展嗎？」

「因為你用毒蛇咬傷方羽萱，我們只好提前回臺灣。」

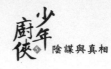

「你到底在說什麼？」魏鼎辛感到莫名其妙，「我完全聽不懂啊！」

「你別裝傻了，你手中的族譜就是搶來的『曹氏族譜』，你就是主上，不要再騙人了。」志達胸口猛烈起伏，抒發出積壓已久的怒氣。

「這不是什麼『曹氏族譜』，這是我們『魏』家的族譜，我去香港時託人尋來的。」魏鼎辛拿出族譜，指著封面上的字，「看清楚，不要亂罵人。」

「啊！怎麼會這樣？」志達一看，那上頭寫的竟然是「魏氏族譜」。

「你這沒禮貌的孩子，竟敢對長老咆哮，還胡亂栽贓。」魏鼎辛生氣的怪罪，「我本來以為你品行端正，還鼓勵繼程多跟你來往，沒想到你是這麼目無尊長。」

「對……對不起。」志達驚訝之餘，只能道歉。

「哼！」魏鼎辛又斥責一聲，然後攔下一輛計程車離去。

「可是，天底下有這麼巧合的事嗎？實在是太可疑了……」

志達覺得不甘心，不想就此認輸。他施展輕功，一路尾隨那輛計程車，發現魏鼎辛進入附近一家頗具規模的銀行。

他同樣用吸拉內力吸附在銀行外牆上，透過窗戶，看見他來到二樓，跟一個西裝打扮的男人熱絡的聊天。不久，那個男人交給他一把鑰匙，魏鼎辛便起身，走進一間房間。

一會兒後，志達看見魏鼎辛出來歸還鑰匙，但此時他的手上已經不見族譜的蹤跡。

「原來他把族譜鎖進保險箱中。」志達喃喃自語，「跟范衛襄幫主把軒轅石藏起來的方式一樣。」

但銀行守衛森嚴，要打開保險箱更需要專門的鑰匙，他不知如何是好，只能先懊惱的離開。

回到羽萱家已經是晚餐時間，志達吃著阿弟準備的美味越南菜，一邊把這些發現跟羽萱說。

「聽起來真的太巧了，感覺其中有鬼。」羽萱驚訝又狐疑的說。

「如果能實際看看那本『魏氏族譜』就好了。」

「對，如果裡面記載的是曹姓後代，那表示魏鼎辛說謊，如果真的記載魏家人，也可以往上查出魏家祖先跟曹雪芹有沒有關係。」

「唉！只可惜沒有辦法打開銀行的保險箱。」志達幽幽的說。

阿弟從廚房端出一盤新做好的菜。一上桌，志達以為是炸雞腿，吃進嘴裡卻是海鮮的甜味還爆出糖水。

「這是什麼雞腿？」他驚訝的把咬剩的半支拿到眼前看，發現食物的斷面竟然露出黃白色的纖維。

「這是甘蔗蝦，越南名菜之一。」羽萱笑著說。

「用蝦肉做成泥，包在甘蔗外面，裹了粉下鍋油炸。好吃嗎？」阿弟問。

志達又吃了一口，覺得香鮮嫩甜，美味極了，因而露出笑容。

「蘸這個醬吃會有不一樣的味道。」阿弟指著盤裡的小碟子，說完便回廚房忙碌。

碟子裡裝著紅色的醬料。志達蘸了一口，忍不住開心的叫起來：「哇！又酸、又甜、又鹹、又辣，好好吃。」

「這是辣椒梅子醬，被你說的好像五味十足。啊！不對，五味是甘、酸、辛、鹹、苦，這裡面缺了苦味。」羽萱說著念頭一轉，「對了，第五道神菜不正是苦味的菜嗎？先別管族譜了，乾脆先設法找出第五道神菜吧！」

「你說的有道理。」志達振作起來說，「苦味的菜，最常見應該是苦瓜了。」

「苦瓜鳳梨雞湯很好喝，我很喜歡這道菜。」

「苦瓜排骨湯，是道常見的菜。」方太太聽到他們的對話，也在旁邊插嘴。

「我知道鹹蛋炒苦瓜，是一道有名的臺菜料理。」志達說，「不過這樣亂猜不是辦法，一道一道做來試吃也很花時間。明天早上上學前，我去探望我媽，問問她湯之鮮前輩有沒有留下什麼提示。」

「好啊！」羽萱說，「希望有好消息。」

隔天一早，他到安養院向媽媽報平安，沒想到得到出乎意料的回覆。

「湯之鮮前輩曾給我第五道神菜的提示，原本想等你學會第四道神功就給你，只是我看你剛復原，又忙著要去香港，所以沒告訴你，現在是交給你的時候。我請護士小姐幫我放在桌子的抽屜裡。」陳淑美說。

「冰滴綠咖啡，酒肉在心頭。」志達拿出紙條，滿臉困惑的唸出紙上的文字。

「我猜不出來，你比我聰明，再好好想想吧。」

「我帶去學校跟方羽萱討論。」志達說，「媽，你好好休息，我去上學了。」

「好。注意安全。」

第一節下課時間，志達興沖沖的跑去找羽萱，兩人在走廊討論提示的內容。

「好奇怪的提示，不過比第三道菜的提示『口，足』多了很多字，應該比較好猜。」方羽萱興致盎然的說，「我猜冰滴是湯汁的意思，但綠咖啡我就不懂了。」

「我想過了，咖啡是苦的，而且這道菜是綠色的，所以我猜是苦菜。」志達推測說，「不是苦瓜。」

「喔，有道理。」羽萱說，「所以是苦菜湯。」

「對。」志達又說，「可是『酒肉在心頭』是什麼意思？會是用米酒、豬肉加豬心去煮苦菜嗎？」

「聽起來怪怪的，有這樣的菜嗎？」方羽萱想了一下，又說，「我聽過一句話：『酒肉穿腸過，我佛在心頭。』據說是濟公活佛說的。」

「你說的是那個瘋瘋癲癲的濟公嗎？」

「對呀！這裡少了『穿腸過，我佛』五個字。」

「這麼說來，跟腸子有關。」志達確定的說。

「那是小腸還是大腸呢？」

「我記得我媽做菜時，大小腸的作法不同。大腸厚一點，適合燉煮炒炸，小腸薄一些，適合煮湯。」

「這麼說來是小腸，那『佛』字呢？」

「佛手瓜？」志達猜測。

「苦菜加佛手瓜煮在一起，怪怪的。」羽萱搖頭。

這時空中響起廣播的聲音：「林志達同學，請到總務處，有你的信件。林志達同學，請到總務處，有你的信件。」

「啊！我沒聽錯吧？」志達感到莫名其妙，「怎麼會有人寄信給我？」

「真的在叫你的名字，快去吧！」羽萱催促著，「啊，我跟你一起去好了。」

兩人一同到總務處，真的收到一封信，不過很奇怪，信封上沒有寫寄件人的姓名、地址、電話等資料，只寫了「林志達同學收」。

兩人面面相覷，志達打開信封，展開信紙，赫然看見電腦列印的五個字：「苦菜小腸湯」，其他地方一片空白。

「天哪！」羽萱驚呼，「難道這是第五道神菜的菜名？」

「是誰寄信給我？知道神菜的人只有湯之鮮前輩，而他已經死了啊！」志達困惑不已。

「我來搜尋看看是不是真有這道菜。」羽萱拿出手機輸入文字，馬上興奮的叫說，「有！真的有，網頁上面寫著是福建那裡的名菜。」

「太棒了！」志達非常高興。

這時上課鐘響，他們各自回教室上課。志達心中還是迷惘，到底是誰寄來這封信？實在是太奇怪了。

這會不會是主上設下的陷阱？他又想起一句話：「不入虎穴，焉得虎子。」因此決定冒險去學這道菜。

第二節下課時，他偷偷跳到體育館的屋頂，喊出：「雷金流火，天地玄黃，元祖叱吒，萬古流芳，天清清，地靈靈，全脈神功請示薪傳……」緊接著敲擊軒轅石，大喊：「苦菜小腸湯……」

屋頂剎時騰起一圈純青火焰，青熊咆哮，在豔陽下益發閃耀光輝。

第八章 好心的中年和尚

火焰過後，空氣清新飽滿，志達深吸一口氣，感覺神清氣爽，精神煥發。

「般若波羅蜜多心經……觀自在菩薩，行深般若波羅蜜多時，照見五蘊皆空……色不異空，空不異色……」耳邊傳來誦經的聲音。

「咦，這是哪裡？」他環顧四周，發現自己身在一片林子裡，遠山含笑，白水縈繞，四處沒有人家，只有前方遠遠的有一座紅瓦白牆的佛寺聳立在山丘上。

「竟然可以從那麼遠的距離將聲音傳到這裡，就好像人在身邊一樣。好深厚的內力啊……」志達一邊讚嘆，一邊往前走去。

他發現後腦勺上有根辮子，再看看自己的裝扮，猜想來到了清朝。

大約走了一公里，總算來到佛寺門口，那誦經聲忽然停住，隨即響起一句話：「有客人來了。」

志達正心生佩服，忽然一個人影悄然落在他的面前，雙手合十說道：「阿彌陀佛。」

志達先是一愣，接著仔細一看，是一位五官清秀的中年和尚在向他行禮。

「師父你好。」志達有禮貌的問候。

「你……你……」但那和尚雙眼炯炯的注視著他的臉，久久不停。

他感覺被監視攝影機監控一般，很不自在，忍不住起了戒心說：「怎麼了嗎？為什麼一直盯著我看？」

和尚這才發覺自己失態了，看見志達鼻翼皮膚有異狀，一改態度，鄭重的說：「你的迎香穴泛紅，似乎身上有餘毒未清，進來屋內我幫你看看。」和尚一手牽著他，志達只覺得雙腳離地，瞬間進到寺院內。

原來這是一座荒廢的古寺，陽光灑在佛堂中央半腐朽的觀音像上，抬頭看，發現屋頂開了一個大洞，想必是木造的屋頂禁不起日晒雨淋而崩毀；低頭瞧，看見供桌少了一支腳，上面獨獨擺著一個木魚。三面門窗皆已脫落，地上滿是塵土、枯葉和雜草，一旁還有燒柴留下的黑炭灰，那木柴不是枯枝，而是破敗的木窗……

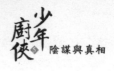

「這裡怎麼住人？」志達納悶的說。

「怎麼不能住人？這裡雖然簡陋，但對我而言已經是極樂世界了。我是個遊方和尚，平時在外修行，只要有地方讓我歇腳和誦經，就已足夠了。」和尚指示志達坐在地上。「我法號文思，不知小施主如何稱呼？」

「我叫做林志達。」志達坐下來。

「志達，我看你身上留有餘毒，這是怎麼回事？」文思和尚問。

「我被壞人陷害追殺，無處可去，才會跑到這深山裡。」志達簡單編了個理由搪塞過去。

文思和尚也坐下來為他把脈。「嗯，腎經和膀胱經已經復原，現在受毒害的是肺經跟大腸經，不過已經……」

「已經有人幫我把毒解了，我覺得現在身體沒有什麼異狀，精神也很好啊！」志達有些納悶，明明丐幫的幫主和長老們先前施展過六合陽氣大法，還有湯之鮮前輩，都幫他解毒了啊！

「你有所不知。那毒已經擴散到五臟六腑，至今已傷了心經。心經有如君王，君死則國亡，還好你體質不錯，使它雖有損傷但不至於完全閉塞不通。然而心經和小腸經互為表裡，若放任不管，到時餘毒發作，得花百倍的力氣才能醫治了。你坐好，讓我來為你療傷……」

「你不問我被人追殺的原因嗎？」志達問。

「哈，知道那些也無法讓你復原啊。」文思和尚灑脫的笑著，盤腿坐到志達背後。

志達覺得這個和尚跟一般人不同，該放心讓他治療嗎？

文思和尚開始運功，內力直往心脈而去，卻發現有其他經脈的真氣前來阻擋。他重新調整，將內力降為原來的十分之一，再緩緩來到心脈之外。那些真氣感應到他的內力並無惡意，便不再警戒，讓他的內力得以順利的進入志達的心脈搜尋，並一路往下通到小腸，將兩道經脈的毒氣都納入自己的內力中。

他接著調整方向，將這股內力運往志達手掌中的少府穴。「來，先吸口氣，把意念集中在你的手掌，然後向前打出……」

志達聽話的照著做，掌中打出一股濃濃的黑氣。

「再來！」

七次之後，志達打出來的氣已經不再有顏色，文思和尚高興的說：「好了，我已將你體內的餘毒清乾淨了。」

志達挺起胸膛站起來，甩甩手活動四肢，彎腰扭臀，感覺比之前更加靈活自在，開心的說：「謝謝你，文思師父。」

話還沒說完，他的肚子就咕咕叫起來，志達不好意思的摸著肚子。

「你體內的毒排除了，需要吃點東西好好調養。」文思和尚親切的說，「你且在這兒休息，我到附近的村落化緣，拿些食物回來給你吃。」

志達滿心感動，忍不住鼻子一酸：「你為什麼對我這麼好？」

「因為……因為你與我的徒弟有幾分神似，看到你便讓我想起了他……」文思和尚哽咽著說。

「你的徒弟？他在哪裡？」志達好奇的問。

「他被仇家毒死了。」文思和尚溼了眼眶，傷心的說。

「和尚也會有仇家？這是怎麼回事？」

「誰沒有仇家？每個人都有剋星，只是不知道何時會遇上，也許有一天，你我也會成為別人的剋星呢！」文思和尚一掃陰霾，打趣的說。

「這……」

「別提這些了。既然你無處可去，不妨就跟著我吧，至少我可以化緣，保你飲食無憂。」文思和尚說，「你心脈裡的餘毒剛清除，最好躺下來休息一會兒，讓它更快恢復。」

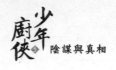

「好。」志達摀著胸口，難怪感覺心頭有小鹿亂跳。

文思和尚離開後，志達便躺下來休息，不一會兒便睡著了。

不知過了多久，朦朧中聽見鏗鏗鏘鏘的聲音，又聞到食物飄香。志達好奇的張開眼睛，看見屋裡炊煙蒸騰，文思和尚蹲坐在角落，忙著烹煮東西。

他好奇的走過去看，只見地上有兩個臨時搭建的灶，分別由三塊磚石組成，上頭放了陶鍋，陶鍋裡頭燉煮著五色的粥品和白色的濃湯。

「哇！好香，這是在煮什麼？」志達好奇的問。

文思和尚回頭親切的問說：「你醒來了。身上有沒有哪裡覺得不舒服？」

「沒有，感覺通體舒暢。」志達感激的說。

「肚子餓了吧？」文思和尚看著他說：「再等會兒，我化緣得來了紅豆、綠豆、大麥、蕎麥，得燉久一點才行。」

「原來是八寶粥啊。」志達好奇的看那鍋奶白色的湯，「另一鍋是什麼？」

「這是江浙人常吃的醃篤鮮。」

「醃篤鮮？我沒聽過。」

「醃是醃漬的鹹肉，篤是滬地一帶的話，意思是火勢旺盛發出『篤篤篤』的聲音，鮮是鮮肉。」文思和尚說，「我買不到鮮肉，因此用老母雞和金華火腿去熬湯，加入筍子、百頁結、蒜苗，滋味毫不遜色。」

「鹹肉、老母雞、金華火腿？」志達驚疑的說，「和尚不是不吃肉嗎？你剛才去化緣，人家怎麼送肉給和尚呢？」

「那是我特地去買來煮給你吃的。你的毒傷剛復原，需要吃些滋補的東西。」文思和尚又說，「金華火腿是浙江金華的名產，拿來熬湯非常香濃。」

「你對我太好了，不過我隨便吃個粥就可以了呀！」志達客氣的說。

「那怎麼行？」文思和尚轉頭過去，舀了一碗醃篤鮮遞給志達。「這湯差不多了，我包袱那兒有竹筷子，你去拿來嚐嚐湯的味道。」

「好。」志達過去包袱那兒，發現敞開的包袱裡放了竹筷子、衣服、毛巾、小茶碗、小銅鍋、砧板、菜刀……他從裡面取來竹筷，先喝一口白湯。

「嗯！這湯既醇厚又鮮甜，非常順口。」志達讚美不已。

「甜味來自老母雞和百頁結，鮮味來自筍子，醇味來自火腿，天下唯有這金華火腿能熬出這純正古雅的醇味了。」

「啊！這火腿肉帶有熟果的香氣，可是太鹹了。」志達咬了一口，不禁張口大叫。

「呵！火腿肉是熬湯用的，得燉到沒鹹味了再吃。這金華火腿是將醃漬過的豬後腿，吊掛在陰涼處一年，慢慢熟成，所以含有豐富的醇厚滋味。」

「你是和尚，竟然也懂得烹煮葷菜？」志達驚訝的問。

「那有什麼？我還沒出家前是揚州大酒樓裡的廚子，每天烹煮的菜色供數百個客人食用，現在煮這些只是雕蟲小技。」文思和尚回頭繼續攪拌著那鍋粥，

「你喝完湯之後先到外頭去逛逛，等粥熬好了再回來吃。別走太遠，要保留一些體力，明天我們還要往南走呢。」

「我們？往南走？」

「你被人追殺，有我保護你，諒你的仇家不敢再來傷害你。」

「太好了，謝謝文思師父。」志達表達謝意，「但，你要去哪裡？」

「我要到福州去。」

「是去那兒投靠另一間佛寺嗎？」

「不，我去找人。」文思和尚說完便專注的烹煮，不再說話。

志達慢慢的往外面走去，心中非常感動，一位素昧平生的人對自己這麼好。他覺得自己真是幸運，就像遇見了人間菩薩，因而完全卸下了心防。

他不禁頻頻回頭，看著文思和尚忙碌的背影。不知怎麼的，志達忽然想起了以前在工作臺前辛苦辦桌的媽媽。

第九章 充滿爭議的獻藝法會

休息了一夜之後，第二天一早，文思和尚把乾糧撥成兩半，分一半給志達當早點。然後他把鍋碗瓢盆堆疊起來，擱在大布巾上，打了一個大包袱，往肩膀上一背，便帶著志達往南方走。

文思和尚駕起輕功往前，志達同樣輕功跟上，文思和尚一看，了然於胸。「我昨天為你運功時，發現你經脈健壯，真氣豐盈，具有深厚的功夫底子。不知你師承哪一個派別？」

「三日下廚房，洗手做羹湯。」志達俏皮的說。

「哈！你這小子。」文思和尚微笑，「誰知盤中飧，粒粒皆辛苦。」

「開門七俗務，柴米油鹽醬醋茶。」志達又說。

「閉戶七高古，琴棋書畫詩酒花。」文思和尚又說。

「我知道你是民灶派的。」志達抬起下巴，得意的說。

「何以見得？」

「因為你說你在大酒樓當過廚子。」志達歡喜的說，「我也是民灶派的。」

「這麼說來，你真當得起我的徒弟。」文思和尚喜悅的說。

「可惜我不是和尚，也不想剃光頭。」

「哈哈，你少老王賣瓜，我根本不缺徒弟。」

「哈哈哈。」

走了兩個時辰，兩人停在大樹下休息，文思和尚又拿出水和乾糧分給志達，補充體力。

「你說你被壞人所傷，但看你輕功了得，可見那個壞人也不簡單。」文思和尚說。

「是的，他不但武功高強，而且手段陰險，好多人都吃了他的虧。」

「可惡，我最恨這種陰險的小人，如果讓我遇到，絕對不會放過他。」文思和尚氣得大叫。

「文思師父，你不要激動。」志達為了安撫他，連忙轉移話題說：「話說你到福州去，是要尋親嗎？」

「不，福州的開元寺素以供奉藥師佛聞名，後天九月二十九是藥師佛的聖誕，開元寺將舉辦一場『齋菜獻藝法會』，我要前往該寺以廚藝禮佛，願藥師佛賜下靈藥，讓我徒兒的陰魂得以痊癒。」

「你昨天不是說要去找人嗎？」

「先去禮佛再說。」文思和尚沒有回答志達的疑問，看他吃完了手中的乾糧便說：「走了，繼續趕路。」

兩人再度啟程，但這一路上文思不再像之前那麼健談，變得沉默寡言，但腳程因此變得更加輕快，傍晚時他們已到寧德，隨便在一個大戶人家的屋簷下過夜。隔天一早又問道於人，中午即到了福州。

他們來到開元寺，只見這間佛寺莊嚴宏偉，格局縝密，古色古香。由於藥師佛聖誕的緣故，寺裡擠滿善男信女，人山人海，香煙繚繞。這景象出乎志達意料，令他喜出望外。

「據說這開元寺是千年古剎。我也是第一次來，今天能親眼目睹也算是你我的福報。」文思和尚欣喜的說。

他帶志達擠進人群中，到後廂房去拜訪老住持，並說明來意。

「文思師父，阿彌陀佛。不知你從何而來？」老住持捋著長長的白鬍子，慈藹的問著。

「我從揚州來的。」文思和尚打躬作揖，禮貌的說。

「那是千里之遙啊！一路辛苦了。」老住持看看志達，「這位是？」

「是我在路上結識的少年，雖然他也有佛緣，但是還沒考慮出家，我暫且收他為在家弟子。」文思和尚解釋說。

「聽說這間古寺有千年歷史，不知是什麼時候建造的？」志達好奇的問。

「敝寺建於南北朝梁太清三年，殿內供奉有千年大型鐵鑄佛像，每年藥師佛聖誕院內便人潮如織。」老住持熱情的說，「遠來是客，今晚就住下來，好好的在福州待幾天。」

「多謝住持。」文思和尚感激的說，「不知明日獻藝法會如何進行？」

「你來自外地，只要把素菜做好獻上供桌，即可加入僧團中一同誦經。法會結束之後，眾長老們會選出一道菜，送給優勝者一部《藥師琉璃光如來本願功德經》。」

接著，老住持指派一個小和尚帶領他們到廂房休息。文思和尚把行李安頓好，便帶志達到各殿去禮佛。

他們來到鐵鑄的佛像前，志達一看，那佛像高有六米，非常壯觀。再看祂法相莊嚴，慈眉善目，讓人心生崇敬與仰慕。

禮佛完畢，文思和尚帶志達到福州城內逛逛，滿眼望去盡是濃密蓊鬱的老榕樹，綠色枝葉與紅灰屋瓦相互掩映，非常古樸典雅。

文思和尚搭上一位婦人，問她說：「這位小嫂子，跟你打聽一個人。」

「什麼嫂子？出家人不守清規，隨便在大街上和人攀親帶故，成什麼體統？」那個婦人一看是個和尚，生氣的說。

「啊！抱歉抱歉，是女施主。」文思和尚慌張的紅了臉。

「對不起，我們剛到這兒，人生地不熟，得罪了。」志達急著幫忙解圍。

「看在這位小兄弟的面子上，你問吧！」婦人癟癟嘴說。

「聽說福州城裡有個鄭春發，最近賣起新菜色，叫做『佛跳牆』，不知住在哪裡？」文思和尚急忙發問。

「你說的是酒樓嗎？」那個婦人埋怨的白他一眼說，「我一個婦道人家，哪裡去過什麼酒樓？你還是去問那些公子老爺吧！」

「啊，真是對不住。」文思和尚尷尬的摸摸腦勺，又抱歉的鞠躬。

「師父，我來幫你問吧！」志達自告奮勇的說。

他看見一位男子從一間大屋裡走出來，便上前作揖：「請問大爺，跟你打聽一個人。」

「好，你說！」大爺說。

志達把剛才的問題重述一遍。

「你說的可是『聚春園酒樓』的老闆鄭春發？」大爺問。

文思和尚急忙上前，興奮的說：「正是，正是。」

「那家酒樓我常光顧，那道『佛跳牆』真是美味，各色鮮貨精燉出濃郁鮮美的湯品，舉世無雙啊。」大爺說著不禁瞇眼陶醉起來，「對了！酒樓就在前面巷子左轉大街上，門前高高豎著酒旗的就是。」

「太好了，謝謝你。」文思和尚如獲至寶。

「太棒了，師父，找到了。」志達也為他高興。

文思和尚迫不及待的往前走去，志達急忙跟上，兩人很快的就來到「聚春園酒樓」，那是棟兩層樓的建築，店面寬敞，門庭若市。

文思和尚站在對街，並不走進去，只是呆呆的朝裡頭望著。

「師父，不進去找人嗎？」志達好奇的發問。

「住嘴！」文思和尚表情不變，嚴肅的喝止。

「啊？」志達感到莫名其妙。

文思和尚頻頻朝酒樓裡面瞧著，沒多久，他不知道看見了誰，眼神露出凶光，雙手握拳，激動的顫抖著。

志達一看嚇了一大跳，這副模樣似曾相識啊！是誰？在哪裡？越想越是熟悉，可是怎麼想都想不起來，志達感到十分懊惱。

「走吧！」文思和尚低下頭，逕自離去，一路不發一語。

志達跟在後面，感覺師父心事重重，卻不敢開口再多問一句。

隔天早上，兩人到齋房用過小米粥和豆腐等簡單的早齋，不久就聽見大殿內傳來誦經聲。

「法會開始了！」志達探頭出去，看見大殿內擠滿了穿著袈裟的僧侶，一同唸誦經文。大殿外則跪著許多善男信女，人人手持一炷香，虔誠的禮佛。

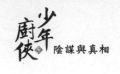

「獻藝者請到這兒集合。」一位幹練的和尚在齋房內的一角現身，大聲吆喝。「灶房裡備有各類食材，大家可以自由取用。沒有要獻藝的人，就先到大殿外跟著信眾們跪拜。」

文思和尚趨前挑選食材，志達則退出到大殿外跪拜。

過了大約半個時辰，那位幹練的和尚走進大殿在老住持身邊耳語，老住持便令大家停止誦經，並對眾人宣告：「今天的法會名為『齋菜獻藝法會』，為的是慶祝藥師佛的聖誕，祝願眾生多食素菜，不要殺生，當可保身體康泰，遠離藥石。獻藝者都已經完成作品，現在就請他們進入殿內為藥師佛獻藝。」

「咚咚！噹！」一時鐘鼓齊鳴，數十位獻藝者端著自己做的素菜走進大殿，並且把菜依序放在供桌上。菜碗的下面墊上一張紙，紙上已經寫好獻藝者的名字。

志達遠遠的看到文思和尚端著一個大碗，小心翼翼的走進大殿，將碗放在供桌上，然後進到一旁的僧侶群中。志達看他一副很怕食物溢出來的模樣，猜想他做的應該是某種湯品。等全部的菜都上了供桌，老住持又引領大家唸誦了一段經文。

一刻鐘後，誦經完畢，老住持帶著幾位長老，輪番上前評鑑菜色。每一道菜都取了吉祥寓意的名稱，像是：「萬佛朝宗」其實是素蔬大拼盤；「京燻素鵝」是把豆乾塑造成鵝的形狀，再燃燒甘蔗燻製而成；「滷素雞」是豆乾製成雞形，加醬油去紅燒；「竹笙香菇炒麵筋」是把這三種食材大火熱炒……

他們在供桌前來回觀看比較後，不約而同都停在一道名為「無量壽菊」的湯品面前，七嘴八舌的談論著。一會兒後老住持臉色一沉，轉身面向大眾，嚴厲的說：「文思和尚作弊，取消資格。」

志達嚇了一跳，接著看見文思和尚也愣了一下，但他隨即跳出來，極力的替自己辯護說：「不，我沒有作弊。」

「啊！」志達看著他義正詞嚴的表情，鏗鏘有力的語調，忽然想起昨天一直想不起來的畫面。

他那激動的模樣，憤慨的表情，跟志達當初穿越回到南宋西湖時，那位懷抱冤屈的余大娘非常相似。

第十章
聚春園酒樓的新廚師

「如果你用真的白菊花入菜，倒也情有可原。」老住持拉下臉，不客氣的說：「但你用婦人配戴的假花混充食材，取名『無量壽菊』，雖然華美又有法意，但終究是造假不可取。」

一旁有個長老也生氣的說：「這分明是江寧一帶婦人用絲絨做成的絨花。聽說你從揚州前來，江揚兩地相隔不遠，想必你是在那兒買來的假花。不要以為我們福州人沒有見識，這花是真是假，我們還看得出來。」

「住持、諸位師父，你們誤會了。」文思和尚一改嚴肅的神情，自信從容的走到他們面前說：「我這是用豆腐做的白菊花。」

「出家人不說妄言，豆腐那麼細軟，如何能做成白菊花？」長老質疑的說。

住持聽了半信半疑，拿筷子往那碗裡一撈，瞬時驚訝大叫：「它化開了，這不是絨花！」

「請住持嘗一嘗，便知真假。」文思和尚懇切的說。

住持不再遲疑，一手端起大碗，一手用筷子把那白菊花撥入口中。眾人張口注目，屏息以待，整座開元寺寂靜無聲，有如千古洪荒。

「哇！入口即化，真的是豆腐的滋味。」住持雙眼圓睜，驚喜萬狀。

眾人一片譁然。

「那些豆乾還能捏塑成素雞素鵝，可是豆腐怎麼可能做成菊花？」另一個長老還在質疑。可是住持毫無疑慮，直接又問：「文思法師，你這湯是怎麼做的？真是鮮美甘甜。」

「我用甘草、紅棗和枸杞去熬湯，沒有多加調味。」文思和尚喜悅的說。

「那豆腐做的菊花已被住持吃下，」還有個長老站出來說：「我得親眼看你製作菊花豆腐，才願意相信。」

「沒問題。」文思和尚說，「就讓我在這裡製作，以取信於眾人。」

「那更好。你需要哪些東西？」住持問他。

「砧板、菜刀和一塊豆腐。」文思和尚恭敬的回答。

「就這樣？」住持不敢相信。

「就這樣。」文思和尚堅定的點頭。

住持吩咐下去，很快就有小和尚把這三樣東西拿到大殿。

「到殿外臺階下做給大家看吧。」住持說。

「遵命。」文思和尚說。

住持又命小和尚取來一張草蓆，鋪在殿下，並將其他東西也放上去。志達急忙擠到最前頭去一探究竟。

文思和尚走下臺階，跪坐在草蓆上，拿起菜刀閉目運氣，眾人圍過來觀看。

忽見文思和尚臉透紅光、雙掌顫動，顯然聚氣充盈，然後他嗯哼一聲，張

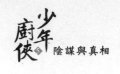

開眼睛，拿起菜刀，先用平刀去掉豆腐上層的老皮，接著一手輕按著兩寸見方的雪白豆腐，開始快速切起來。

志達原以為會聽到「咄咄」的切菜聲，不料竟然悄無聲息。仔細分辨，原來文思和尚下刀極快，卻無一刀切斷豆腐，而是刀鋒落到豆腐下方還剩半公分處便瞬間收回切起下一刀，而且刀刀之間相隔極細，彷彿原地重複不斷切著。

這無聲的刀工若非親眼所見，人們還以為尚未開始呢。

「這是在切豆腐嗎？看起來怪怪的。」眾人交頭接耳，議論紛紛。

切完之後，文思和尚用刀背把豆腐托起來轉個九十度，繼續再切，同樣一鼓作氣，頃刻完成。

「還是一塊豆腐啊！」「對呀！哪裡有什麼菊花？」

大家還在質問著，因為那塊豆腐看起來跟之前並無兩樣。

「請把剛才那碗湯拿過來。」文思和尚轉身說。

小和尚聽到吩咐後便端來湯碗，裡面還留有七分滿的湯。文思和尚把那豆腐托起來，輕輕放入湯中，再微微搖晃幾下。

「哇！」眾人見狀連連發出讚嘆。因為那豆腐瞬間在湯碗裡綻放成一朵雪白的萬壽菊，每一根花瓣清晰可見，條條分明，而且在清澈的高湯中，不見任何豆腐殘渣或斷鬚。

「這比那江寧的絨花還要精細華美，太不可思議了！」香客中有人稱讚。

「也比那真正的菊花還要細緻富貴，不知有多少花瓣呢？」另外有人問。

「這『菊花豆腐』的花瓣，密密麻麻的，無法數啦！」還有人說。

「不用數，一共是一萬一千八百八十一片花瓣。」文思和尚氣定神閒的說。

「何以見得？」某一獻藝者不服氣的問著，「胡謅的吧！」

「千真萬確。」文思和尚微微一笑，認真的解說，「因為我縱刀下了一百零八刀，橫刀也是一百零八刀，各切出一百零九個面，兩者相乘便是一萬多片花瓣。」

「哇！太厲害了。」眾人紛紛道好，連剛才質疑他的獻藝者也瞠目結舌，對他佩服得五體投地。

「文思師父，你是師承哪一位大師的絕技呢？」長老問。

「這不是拜師學來的，是我自創的獨門祕技。」文思和尚坦然的說。

住持忽然大喊一聲：「傳經！」

「咚咚！噹！咚咚！噹！」一時又是鐘鼓齊鳴。

住持攙著文思和尚走入大殿，從供桌上取來一部精裝繡面的經文，雙手奉上：「文思師父，這部《藥師琉璃光如來本願功德經》非你莫屬，此刻便傳授予你。」

文思和尚跪下承接，感激涕零。接著他把佛經奉在桌上，不停的對藥師佛頂禮膜拜，口中唸唸有詞，熱淚滿面。

志達目睹經過感動不已。他不免好奇，這文思師父的徒弟是怎麼樣的人？又是怎麼遭逢劫難的？是誰毒害了他？還有，文思師父真是個重感情的人，讓人心生佩服與敬愛……想著想著，志達的眼眶也溼了。

「無量壽菊」既漂亮又好吃，製作的刀技出神入化，善男信女因而傳為美談，奔相走告。然而，「菊花豆腐」四字通俗易懂，人們傳來傳去，很快的便取代了原本的名稱，而文思和尚的名氣也在一夕之間傳遍福州的大街小巷。

當天就有達官貴人、富翁商賈出了高價，要請文思和尚到府裡去掌廚，因為他們也想嘗一嘗這絕無僅有的精美料理。但文思和尚都搖頭，笑瞇瞇的對他們說：「你們到『聚春園酒樓』去吃吧！」

眾人興沖沖的去到「聚春園酒樓」點這道「菊花豆腐」，卻又都撲了空，搞得酒樓老闆鄭春發也莫名其妙。他們回頭去問文思和尚，他只是重複的說：「你們到『聚春園酒樓』去吃吧！」

志達覺得很疑惑，為什麼文思和尚要這麼做？但文思和尚只是微笑不答。

很快的，那些人悟出其中的道理：「莫非是文思和尚想去『聚春園酒樓』製作這道菜，那麼……」饕客們一同慫恿鄭春發去邀請文思和尚，並居中穿梭聯繫，直到鄭春發親自到開元寺的廂房拜訪。

見面那天，志達看鄭春發年紀大約二十多歲，年輕有為，意氣風發。文思和尚也客客氣氣的接待他。

「我是『聚春園酒樓』的老闆鄭春發，不知能否有這榮幸，邀請文思師父到小店製作『菊花豆腐』，以饗饕客？」鄭春發行禮說。

文思和尚不置可否，反問他一個不相關的問題：「聽說你賣起了一道新菜，非常受到歡迎，叫做『佛跳牆』，那是什麼來歷？」

「我曾經當過周蓮大人的廚子，他在擔任福建布政使時，有一回受邀到銀局官員的宅邸作客，周大人命我一同前去，當宴席的幫廚。其中有一道菜叫做『福壽全』，周大人吃了讚不絕口，回府之後要我重製。我憑著記憶加以改良，想不到滋味比在宴席上吃到的更好吃，這便是『佛跳牆』的前身。」

「為何『福壽全』改名叫『佛跳牆』呢？」志達好奇的在一旁插嘴發問。

「後來周大人常以此宴客，周大人的姻親鄧捷大人，在準備到四川出任巡撫前吃了這道菜，也是連連稱好。鄧大人詩興大發讚頌說：『罈啟葷香飄四鄰，佛聞棄禪跳牆來。』周大人一高興便把菜名改成『佛跳牆』。由於鄧捷大人太喜歡這道菜了，後來還特地向周大人把我借去四川幫廚好幾年。」鄭春發說。

「那『福壽全』，又是誰發明的呢？」志達又問。

「是那銀局官員家裡的廚子，名叫武聚文。那一次宴席上，我當他的幫廚，兩人相談甚歡，結為好友，常常往來。我們同為官灶的廚子，但他原本是民灶派的，他的母親廚藝高超、武藝精湛，從小就嚴格訓練他，他因此被銀局官員賞識而延攬為廚，跟著來到福州。」鄭春發轉而對文思和尚說：「對了，武聚文是揚州人，跟文思師父是同鄉呢！」

「哦？我沒聽過這個人。」文思和尚搖頭。

「後來武聚文辭了差事，回揚州陪伴老母親經營酒樓，我離開四川後，也曾去揚州拜訪過他。武聚文與他的母親極為熱情，端出好酒好菜招待我，尤其招牌菜『紅燒獅子頭』入口即化，他的母親更因這道菜而在當地頗負盛名，人稱『葵花姥姥』，只不過我不懂『葵花』與『獅子頭』有何關連？文思師父可聽說過『葵花姥姥』嗎？」

「也沒有聽過。」文思和尚閉眼搖頭。

「是了，你是出家人，自然是不會知道我們俗世的市井人物。」鄭春發有些擔憂的說，「只怕你會嫌棄我酒樓多是葷食，不願屈尊幫忙？」

「我有三個條件，你若同意，我願意為你製作這道『菊花豆腐』。」文思和尚點頭說。

「什麼條件？師父請說。」鄭春發抬頭，恭謹的聽著。

「一、一朵菊花豆腐售價一兩銀子，對半分帳。二、我只製作菊花豆腐，志達可當你葷菜的幫廚。三、給我和志達各一間房，供吃供住，另外給志達工錢，比照其他廚子。」文思和尚指著一旁的志達說。

「師父，你不需要我幫忙嗎？」志達問文思和尚。

「不，我一個人就綽綽有餘。」文思和尚微笑以對。

「這位小兄弟可會做菜？」鄭春發不放心的問。

「鄭老闆放心，我從小就在酒樓裡打雜，灶房裡的工作難不倒我。」志達想到有機會一探「佛跳牆」的作法，興奮的說。

鄭春發暗忖，那些有錢的客人來酒樓，即使慕名而來，也不會只點一道「菊花豆腐」，還會加點其他菜色，可使他的生意更加興隆。而且一塊豆腐不到一文錢，卻能賺到半兩銀子，本小利多，怎麼算都划算。

「太好了，我那酒樓灶房旁有幾間空屋子，其中兩間給你們居住，另一間會放兩個火爐和一個大桌。不知這樣可好？」鄭春發恭敬的問。

「很好。」文思和尚滿意的點頭，「你先回去，我們隨後就到。」

志達上前送行，等鄭春發離去後，他轉回廂房，來到門邊，卻聽見文思和尚偷偷的在嘆氣落淚。

師父怎麼了？好端端的謀得了好差事，為什麼不高興，反而難過掉淚呢？

他雖困惑，卻也不敢上前探問。

第十一章 綁架孕婦的怪姥姥

志達和文思和尚來到「聚春園酒樓」，鄭春發連忙帶他們在後屋安頓下來，並介紹酒樓的環境。先是到一旁葷素兩灶房看看，接著回到前面店鋪。

「我這『聚春園酒樓』共兩層樓，樓下有十五桌，樓上有十桌，可同時容納兩百位客人用餐。」鄭春發詳細的說，「目前有廚子五人，伙計六人，掌櫃一人。」

志達看酒樓占地廣闊，人潮絡繹不絕，客人杯觥交錯，每張桌上中央都擺著一個大瓷罈，他不禁好奇指著罈子問：「那就是佛跳牆吧？」

「是的，那是本店的招牌菜，幾乎每桌來客都會點。」鄭春發笑著回答。

鄭春發的妻子聽見文思和尚到來，也挺著大肚子，從後院內室出來迎接。

鄭春發介紹說：「這是我去年新婚的妻子雪嬌。」

「文思師父好。」雪嬌不方便鞠躬，只點頭致意。

志達看那雪嬌長得年輕貌美，嘴巴雖笑卻面有愁容，臉色也慘白。

「這是第一胎吧，想必害喜得很嚴重。」文思和尚笑容可掬，不由得親切的伸出手，卻忽然停住把手縮回，尷尬的笑說：「看起來有九個月了。」

「正是九個月，就快臨盆了。」鄭春發陪笑說。

志達心中一驚：啊！他要做什麼？摸人家的肚皮嗎？在人家的丈夫面前？還好他及時住手，不然就太失禮了。志達連忙轉移話題問說：「師父，如果同時有兩百個客人都點了『菊花豆腐』，你做得出來嗎？」

「只要有兩百塊豆腐，我就做得出來。」文思和尚信心滿滿的說，「不信？現在就來試試。」

鄭春發點點頭，拿了一塊小木板，寫上「菊花豆腐一兩銀」七個字，然後掛在牆上，跟其他菜單並列。馬上就有客人舉手說：「給我來兩道『菊花豆腐』。」

「沒問題咧！」鄭春發開心回應。

「可是，師父你還沒煮高湯。」志達提醒他。

「無妨，可以先用清雞湯代替。」文思和尚看看鄭春發。

鄭春發會意，便說：「葷廚灶房裡，雞湯多的是。」

「那麼開工吧。」文思和尚走進素廚灶房。

「你去捧一籠豆腐給文思師父。」鄭春發吩咐一個伙計，接著帶著志達進入葷廚，捧了兩大碗老母雞湯來到文思和尚那兒。

不到三分鐘，兩碗香噴噴又美豔的「菊花豆腐」就上了桌，在場的客人全都圍觀過來，嘖嘖稱奇。

「太美了！」

「真是百聞不如一見。」

「聽說是前無古人啊。」

「雖然要一兩銀子，但是很值得。」

點餐的客人炫耀似的端起大碗，一口就將「菊花豆腐」吞入口中，然後囫圇下肚，呼出一口氣說：「太美味了。」

「老闆，我也要一碗『菊花豆腐』。」

「這邊也要一碗。」

「我們這一桌要五碗。」

客人紛紛點起「菊花豆腐」來嘗鮮。

「好的，伙計快給客人點菜。」鄭春發應接不暇，笑得合不攏嘴。志達忙進忙出，也很開心。

席間也有客人點了「佛跳牆」，志達這才發現，董廚裡有兩口灶上疊滿了蒸籠，而且蒸籠的高度是一般的兩倍，裡面放了許多罈子。

他發現有廚子從一組蒸籠裡拿出罈子，又從罈子裡拿出紗布裹著的東西，去掉紗布後，才知是芋頭、鵪鶉蛋、排骨、海參、栗子、豬肚、干貝、花膠、火腿、鮑魚、魚翅、魚脣、蹄筋……等食材。他好奇的問鄭春發：「怎麼每一樣食材都用紗布包起來？」

「佛跳牆的材料需要長時間的蒸煮，食材很容易軟爛而散掉，變成一鍋糊爛混濁的雜菜湯，這樣就失敗了。」鄭春發詳細的說明，「因此必須用紗布分別包起來，放入罈中去煨製，再按照料理所需的時間分別取出，最後打開紗布後再分層重新擺回罈中，加入湯汁再次蒸熱。」

「如此一來，花膠是花膠，鮑魚是鮑魚，魚翅是魚翅，蹄筋是蹄筋，各自保有原來的形狀，湯也會清澈甘甜。」一旁的老廚子幫腔說。

老廚子舀了半碗湯給志達喝。他喝了一口，眼睛一亮，驚喜的說：「有大白菜的甜和紹興酒的香醇。湯頭經過長時間燉煮後，吸收了各種食材的精華，融合成豐厚醇美的新滋味，太美妙了。」

「這裡面可是包含了地上跑的，水裡游的，天上飛的。」老廚子得意的說，

「好了，快來幫忙。」

「我該做什麼？」志達問。

「佛跳牆已經有專人製作，你來幫我做荔枝肉吧。」老廚子說。

「這是用荔枝做的菜嗎？」志達又疑惑。

「不是，荔枝肉是咱們福州的代表菜色。把豬肉做成荔枝的形狀，配上荸薺去油炸，拌上酸酸甜甜的醬汁，吃起來又脆又嫩，還帶著荔枝的香味。」老廚子一板一眼的說著，「我示範切肉給你看。」

他先把豬肉切成一公分厚的片狀，然後在上頭割出十字花，再切成三角形的小片。志達看了一回便學會了，老廚子對他的表現很滿意。

志達在裡面忙了一陣子，趁空檔跑到旁邊的素廚看文思和尚。只見房間裡非常安靜，火爐上燉著兩鍋素湯，桌上除了豆腐還是豆腐。文思和尚手腳俐落，談笑間便完成一道「菊花豆腐」，志達留在那兒也是英雄無用武之地。

他想起了此行的目標物「苦菜小腸湯」，便跑到前廳看菜單。他發現菜單上除了佛跳牆、荔枝肉，還有醉糟雞、鍋邊糊、扁肉燕、海蠣煎、酸辣魷魚湯……就是沒有「苦菜小腸湯」。

「老師傅，您可曾聽過『苦菜小腸湯』？」他跑去問老廚子。

「啊！開什麼玩笑，酒樓裡賣苦菜，誰吃啊？客人來到這兒要吃的是甘甜的滋味，誰想花錢來吃苦啊？」老廚子說完自顧自的忙著。志達也不好再問了。

忙碌了一整天之後，志達跟著大夥兒吃著豐盛的菜餚。他看見文思和尚在另一桌吃素菜，便湊了過去。

「辛苦了，師父。」志達問候著。

「吃得慣閩菜嗎？」文思和尚問他。

「不錯啊！吃起來酸酸甜甜的，相當開胃，湯品也很好喝，還有紅糟口味的。」志達開心的說。

「這些都是閩菜的特色，閩菜也重視湯品，佛跳牆算是精品中的精品。」

「聽起來師父對這兒的菜很有研究。」

「別忘了，我沒出家之前在揚州酒樓裡當廚子，對於各地的飲食習慣多少了解。」

這時鄭春發走過來，感激的對他們說：「師父蒞臨小店，讓我們大開眼界了。剛剛問了掌櫃，今天的收入是平日的兩倍，這都是托了師父的福。」

「這沒什麼。」文思和尚冷淡的說著，他放下筷子，還剩下一堆菜沒吃。「如果沒有其他事情，我要去歇息了。」

「師父請自便。」鄭春發客氣的說。

文思和尚早早歇息，志達吃飽喝足，沒事可做，也回自己屋裡睡覺去了。

隔天一早，志達還在睡夢之中，忽然被淒厲的慘叫聲驚醒。

「啊，放我下去！救命啊！放我下去！救命啊！」那是一名女子的叫聲。

志達連忙跑出屋外尋找聲音的來源，沒想到那聲音竟來自半空中，一個女子和一個光頭和尚站在酒樓的屋脊上，那高度少說也有一丈，如果摔下來，非死即傷。仔細一看，竟然是鄭春發的妻子雪嬌和背著包袱的文思和尚，剛才那陣女子的尖叫聲，正是來自雪嬌。

志達雙眼一愣，心想：天啊！他們在那兒做什麼？

「師父！你為什麼抓走我的妻子？你快帶她下來呀！她身懷六甲，這不能開玩笑，拜託你，快讓她下來吧！」鄭春發站在院子裡，把手圈在嘴巴旁邊，仰頭對著文思和尚大叫。聽得出來他非常慌張，也非常憂心。

「師父，你們快下來呀！危險哪！」志達也跟著對文思和尚喊話。

「鄭春發！你閉嘴，否則我輕輕一推，就讓你的妻子墜樓而亡，並且一屍兩命。」文思和尚威脅著說。

「啊，不要啊！」鄭春發跪下來對文思和尚拜了又拜，「拜託師父手下留情，你要什麼我都給你，請放過我心愛的妻子和骨肉。」

志達無法相信眼前所見，有如困在五里霧中，不知為何發生如此巨變，他只得先喊話說：「師父，有話慢慢說。嫂子懷著身孕，受不了這種折騰啊。」

「鄭春發，你且看清楚了。」文思和尚左手抓著雪嬌，右手伸到自己臉上，由上往下，用力扯下一張面具。然後肩膀一抖，背上駝起一團肉球，變成一個白髮駝背的老婆婆。「你可知，你得罪的是誰？」

「啊！你是……你是……」鄭春發認真辨識，歪頭細想，最後驚訝的叫說：「啊！你不正是揚州武聚文的母親，葵花姥姥嗎？」

「哈哈哈，太好了！你知道是我，就不會死得不明不白了。」

「姥姥，你怎麼會在這兒？還打扮成和尚的模樣？」鄭春發皺著眉頭，大惑不解。

志達也嚇傻了，光頭的中年和尚，突然間竟變成一位滿頭白髮的老太婆。

「你還敢問我？你這忘恩負義，沒心沒肺的狗東西。當時你來我家作客，我和兒子熱情招待你，沒想到你卻拿有毒的豆瓣醬送他，害他吃了之後中毒身亡。嗚……」葵花姥姥悲憤的哭泣。

「啊！什麼？武聚文死了？我怎麼都不知道。他是怎麼死的？」鄭春發驚異的問。

「就是讓你毒死的，嗚……」姥姥傷心的控訴著。

「姥姥，我沒有呀！送給武聚文的豆瓣醬，我全家也都吃了呀。我跟聚文感情那麼好，怎麼可能毒害他，我完全沒有理由這麼做啊！」鄭春發百般辯解。

「你不用再說了。我就這麼一個兒子，沒想到被你下毒害死，殺子之仇不共戴天，你殺死我兒子，我也要殺死你的兒子，讓你嘗嘗那錐心蝕骨的痛苦……」

「不要啊！」鄭春發苦苦哀求。

「啊！」這時雪嬌嚇得昏厥，身體一軟，葵花姥姥連忙將她抱起。她看了看懷中的孕婦，隨即大喝一聲：「走！」便輕功騰空，一路往對街屋頂飛跳而去。

鄭春發試著追上去，但他武功薄弱，又沒有輕功，頓時癱軟在地，雙手朝妻兒消失的方向伸長雙臂，失魂落魄的望天哭泣。

「不行，我要去搞清楚到底怎麼一回事。」志達說完跟著駕起輕功，飛上屋頂，一路追蹤過去。

第十二章
生死一念間

志達追著葵花姥姥的背影，來到山上一間破廟，直闖進去衝到兩人面前。

「師父，不要衝動。」志達發覺不對，趕忙改口。「不，葵花姥姥，不要衝動，不要殺人。」

只見姥姥平靜的望著他，而雪嬌躺在地上，依舊昏迷。姥姥緩緩的說：

「我並沒有要殺她，我只是要讓鄭春發嘗嘗喪子之痛。我打算等她產子之後，殺死嬰兒，報這一箭之仇。」

「姥姥，這嬰兒是無辜的呀！」志達懇切的勸說。

「哼！我的兒子也是無辜的，誰來同情他？誰來幫他求情？」姥姥眼中彷彿著火般，憤恨的說，「聚文好不容易回家跟我團圓，我本打算為他娶一門媳婦，一家人同享天倫之樂，誰知那鄭春發無端毒害他。此仇若不報，我誓不為人。」

「鄭春發為什麼要毒害你的兒子呢？」志達不解的問。

「我不知道。」葵花姥姥又說，「但我知道他當年被主子派去四川，跟了鄧捷，那鄧捷是武當派中『五毒宗』的傳人，本就擅長用五毒來傷人。江湖中傳言，鄧捷以五毒蟲卵為行功藥引，又在不知名之處吸取了極陰之氣，練出了邪惡的五毒陰功。鄭春發一定是跟他的主子學的，這幫人陰險狡詐，死有餘辜。」

「他毒死你的兒子有什麼好處？」志達又問。

「哼！等我殺了他的孩子，報了仇，再來好好拷問他。」姥姥咬牙切齒的說。

「這……」志達搖頭心想，一直爭執下去不是辦法，不妨先試著讓姥姥的情緒平復下來，之後再來打算。志達見她滿臉皺紋，與文思和尚清秀的外貌簡直天差地遠，便用崇拜的口氣說：「姥姥，你騙得我好苦，竟然喬裝成和尚。我跟著你那麼多天了，完全被蒙在鼓裡，那是什麼法術，怎麼那麼厲害呀？」

「那是武家代代相傳的易容術，向來沒什麼用處，想不到這回讓我用上了。」

「你大可用葵花姥姥的身分上門興師問罪，何必假扮成和尚？」

「他既然有意毒害我兒子，見到我必然會全盤否認，甚至找人對付我。因此我才決定易容，讓他沒有防備。」

「那為什麼要特別假扮成和尚？」志達好奇的問，「扮成一般百姓不行嗎？」

「我一個婦人在外行走總是不便，加上需要盤纏，我思來想去只有扮成和尚最合適，遊方和尚可以沿門托缽，身分低調不易引人注意。唉……」姥姥長長的嘆了一口氣，又說：「一路上我還能到各地佛寺禮佛誦經，超渡我那可憐的孩子……」

「人們為何叫你葵花姥姥？跟你的名字有關嗎？」

「你有所不知，我們在揚州的酒樓以獅子頭為招牌菜，那獅子頭是隋煬帝時，我灶幫先祖尤瑜庚所發明，原名叫做『葵花大斬肉』。取橘紅色的球形，模擬揚州四大美景之一的葵花崗。」姥姥得意的說，「蘇州一帶菜色分為淮揚、金陵、蘇錫、徐海四大派系，其中以淮安、揚州、鎮江一帶的淮揚菜最為有名，而這道菜又是淮揚菜的頭號代表菜。」

「那怎麼會有人叫它獅子頭呢？」志達不解的問。

「那是到了唐朝時，郇國公韋陟宴請賓客，客人看到這巨大如雄獅頭的肉丸子，便趁機奉承說：『郇國公半生戎馬，戰功彪炳，應當配戴獅子帥印，方才威風。』韋陟一高興，便把葵花大斬肉改名獅子頭。揚州人都知道這個典故，因此追本溯源，叫我葵花姥姥。」

「那你又是怎麼練成『菊花豆腐』這獨門刀工的？」志達打破沙鍋問到底。

「製作獅子頭時需要用雙刀將豬肉剁成綿密的肉末，我做了幾十年，刀工自然不在話下。」姥姥見他這麼想了解內情，便細細說明。「喪子後，每當我想起鄭春發，心中便有熊熊烈火，恨不得用雙刀來對付他，但為了隱瞞身分當一位稱職的和尚，我便把這豪邁的內力化成細密的切工，將滿腔的憤恨發洩在豆腐上面。誰知道無心插柳，練就出創新的菜色。」

兩人聊得正熱絡，一旁的雪嬌蹙著眉，發出聲音。

志達一看，搖了搖她的肩膀：「嫂子，醒醒。」

雪嬌慢慢張開眼睛，看見一旁葵花姥姥怒視著他，不由得倒抽一口氣，身子一縮，痛苦的乾嘔起來。

「志達，你為她拍拍背吧！」姥姥說。

志達依言上前，扶起雪嬌，拍拍她的背。

一會兒，雪嬌好多了，便對姥姥說：「我不知道我丈夫做了什麼，但我腹中的孩子是無辜的，你要洩憤就殺我抵罪，千萬不要傷害我的孩子呀！」

「不，我不殺你，我也不殺鄭春發。」姥姥意志堅定的說，「我只殺你們的

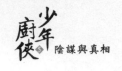

孩子，我要讓鄭春發體會失去兒子的痛苦。」

「姥姥，求求你。」雪嬌哀哀懇求，「你也是為人母親，懷胎十月忍受著種種痛苦，為的就是孕育這小小的生命。我死不足惜，只求你保全我的孩子，不要傷害他的性命，求求你。」

「哼！誰叫這孩子姓鄭，我老實告訴你，我不只要殺這孩子，將來只要是鄭春發的孩子，我每一個都不讓他活，我要讓他絕子絕孫。」姥姥越說越生氣，雙頰和耳根都漲紅了。

「姥姥，佛家常說：『慈悲為懷』，你就放過他們吧。」志達也幫著求情。

「我等這一天已經很久了。這是因果報應，要怪就怪鄭春發先種下惡因，現在我只是讓他嘗到惡果，如此而已。」葵花姥姥低頭一想，鬆口氣又說：「好吧！我可以等你生下孩子後，讓孩子吃一口母奶，再結束他的性命，至少他不會當個餓死鬼。」

雪嬌一聽淚流滿面，坐起來背靠著牆壁，望著鼓起的大肚子，哀戚的說：

「我的孩子，這九個月來，我無時無刻都希望你早日來到人世，可是現在……我多麼希望你不要出生啊！這樣你還能待在為娘的肚子裡苟且活命，雖然你讓我吃不好，睡不著，但是我都願意忍受啊……」

「姥姥，你再想想……」志達感到很難受，希望姥姥回心轉意。

「少囉唆！志達，我待你如親徒弟，一路上照拂你，還為你解毒。你不要違逆我，不然我也會對你不客氣。」姥姥瞠目怒視志達，志達只好退縮閉嘴。

「唉呀！好痛啊！」雪嬌忽然抱著肚子叫著。

「怎麼了？她怎麼了？」志達慌張的望著雪嬌，又轉頭望向姥姥。

「痛啊！天哪！」雪嬌滿臉顫動，五官都扭曲了。

「看起來像是要臨盆了。」姥姥倚老賣老的對雪嬌說：「十月懷胎的痛楚算什麼？真正的痛苦現在才要開始，那可比千刀萬剮要痛上百倍，而且這是頭一胎，短則一天，長則兩、三天。你會後悔剛才說過的話，巴不得孩子趕快出生，好從這無間地獄般的痛苦中解脫。」

「唉呀！」只見雪嬌大汗淋漓，臉色蒼白如紙，哀號聲一聲接一聲，而且音量越來越大。姥姥察覺不對，上前為她把脈，臉上露出喜悅與憤恨交融的複雜表情，接著轉頭對志達說：「她快生了，你快去燒一桶熱水來。」

「什麼？」志達感到錯愕，愣在原地，「這裡是荒郊野地的破廟，沒有鍋，沒有灶，怎麼燒熱水呢？」

「唉！算了，你到外頭看看有沒有古井或溪流，想辦法弄一些水回來。」

「好。」志達聽話出去尋找。

他在附近搜尋，果真發現一口古井，而且很幸運的，井邊還有木桶和繩子可以打水。他趕緊打了一桶水提回破廟裡。正巧廟裡有個舊水缸，估量著尚能存半缸水，志達便來回幾趟，打了水倒進去。

「吸氣，吐氣，肚子用力……」姥姥這時成了助產婆，激動的鼓舞著產婦。

「啊！唉呀……」雪嬌不斷痛苦的嘶吼著。

「很好，孩子出來一點點了。啊，不對啊！」姥姥驚慌的大叫，「怎麼是腳先出來？唉呀，這是難產！弄不好真的是一屍兩命啊，這該怎麼辦？我該怎麼辦？」

「你……你不要管我……」雪嬌喘口氣，虛弱的說：「幫我留下孩子，我死沒有關係，你一定要保全我的孩子。」

志達在一旁聽得萬分難過，握拳大叫：「要救大人，孩子生下來也會被姥姥殺掉的。」

「不！不要殺我的孩子呀……」雪嬌傷痛的哭著。

「你別哭，這一哭就沒力氣生孩子了。」姥姥沉默了一會兒，然後嚴厲的說：「你們兩個都給我閉嘴，讓我把孩子推回去。」

「什麼？」志達不懂那是什麼意思，好奇的看向姥姥。

第十三章 最上乘的易容術

只見姥姥閉目運氣，雙手比劃招式，不久她的雙掌因內力聚積滿盈而發出紅光。她深呼吸，將內力由丹田輸入雙掌，兩掌變成深紫色。志達從未見過這種功夫，看得目瞪口呆。

「喝！」姥姥跪坐到雪嬌的身旁，將發紫的雙掌放到她的肚子上，然後閉目凝神，似乎在用心體會腹內胎兒的姿態。接著她像是掌握了情勢，開始沿著大肚的外側，以逆時針方向推動胎兒。

志達見姥姥的額頭上冒出豆大的汗珠，不住的喘氣，眉心和鼻尖都皺起來。

「啊……」雪嬌似乎感到撕心裂肺的痛苦，哀號得更加劇烈。

姥姥時而用力推擠，時而擔心傷了胎兒，又頻頻放輕力道。她心焦如焚，又必須鎮定運功，竟也痛苦的流下眼淚。

好不容易熬過半個時辰，姥姥深吸一口氣，雙手抬高，運氣收功。她喘著氣對雪嬌說：「我好不容易把胎兒乾坤大調轉，變成頭下腳上，現在胎位是正確的，你趕快用力！」

然而剛才還不停痛苦哀號的雪嬌卻沒有半點反應。

「雪嬌！雪嬌！你醒醒，你不能昏過去啊。嬰兒會死在裡面的，你快醒來。」姥姥不停的拍打雪嬌的臉頰，但她仍然沒有動靜。姥姥倉皇失措，恐慌的大叫：「不行！快醒來生孩子呀！」

志達也焦急的問：「怎麼會這樣？」

「雪嬌受不了折騰昏過去了……啊！有了。」姥姥急中生智，把內力又灌入雙掌中，放到雪嬌的肚子上方，慢慢的將胎兒往下推。才一會兒，她就欣喜的說：「看見了，看見了，嬰兒的頭皮冒出來了……整顆頭也出來了。」

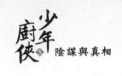

「太好了。」志達鬆了一口氣，滿心期待著。

「啊！為什麼他的臉是黑色的？」姥姥又驚恐的叫著，「啊！脖子上有臍帶。糟糕，剛剛那一個大調轉，不慎讓臍帶纏住嬰兒的脖子，血流不上去，不快點剪斷臍帶的話會死的！」

志達一聽，又擔心緊張起來。

「不知道纏多久了？他還活著嗎？」姥姥慌張的停手，跑去旁邊七手八腳的打開包袱，拿出棉繩和剪刀，將嬰兒脖子上的臍帶束緊並剪斷；又趕緊運功，雙掌回到雪嬌肚子上，緩緩將嬰兒推生出來。

嬰兒終於落地了，卻無聲無息。

「不能死，你不要死，快吸口氣！」姥姥張大雙眼，抓起嬰兒的雙腳將他倒懸，並拍他屁股。「哭啊！快哭啊！嗚……」

眼看嬰兒的臉恢復了血色，但身子卻沒有動靜，姥姥哭得更焦急了。志達也低頭流淚。

「哇！哇！」忽然響亮的嬰兒哭聲劃破空氣。志達抬頭一看，姥姥正抱著溼淋淋的紅嬰兒，又笑又哭的說：「好孩子，你終於哭了，太好了，嗚……」

「順利救回來了！」志達開心的說，「太棒了！太棒了！」

「哈！是個胖小子。」姥姥忽然想起兒子的仇恨，垮下臉說：「沒什麼好高興的，你讓開，我要餵嬰兒吃奶。」

「姥姥，你該不會真的要……」志達憂心不已，心情頓時落到谷底。「好不容易才救活的啊！」

「少囉唆，不關你的事。」姥姥嚴厲喝斥，「你出去！」

志達只好垂頭喪氣的站起來，一邊往門外走，一邊頻頻回頭觀望。

姥姥解開雪嬌的衣襟，小嬰兒趴在母親的胸上，本能的大口吸吮。

志達知道等嬰兒吸飽了，便會結束這短暫的一生。他靜靜的等候著姥姥的下一聲叫喚，那應該是叫他一起回去找鄭春發，給鄭春發看冰冷、失去呼吸的嬰兒屍體。

「嗚！可恨啊……嗚……」

想不到他等到的是姥姥懊喪與悲憤交加的哭聲。

「為什麼？為什麼老天要這樣作弄我？為什麼我下不了手？為什麼？為什麼？」姥姥一邊哭著，一邊抬頭吶喊。

「哇！哇！」小嬰兒被姥姥嚇得大聲哭號。

姥姥抱著小嬰兒，卻始終下不了手，只能怨恨仇人，又埋怨老天。

志達一邊往屋外走去，一邊心想：不行，如果姥姥等一下反悔又想報仇，難道一條無辜生命就這樣被斷送嗎？志達越想越覺得不妥，急忙轉身走回去，對姥姥說：「你不要殺害無辜……」

「啊！」沒想到姥姥大叫一聲，放下嬰兒，滿面猙獰的伸出雙手夾住志達的頭顱，口中喃喃唸著咒語般的東西。志達猶如遭人點穴般，完全無法動彈，只覺得一股強勁的內力穿過頭顱，又從頭顱往下竄進體內，在他全身經脈和筋骨上東奔西竄。

他感到錐心蝕骨的痛苦，手腳背脊各處關節都抽痛起來，肌肉也痠疼無比，彷彿自己成了砧板上的豬羊，被人大卸八塊，又挑筋剔骨。

「啊……」志達連聲慘叫，姥姥卻還不放過他，改變內力運作的方式，轉為逆向進行。志達感到那些被挑開來的筋骨肌肉，似乎重新組合起來。漸漸的，他感覺手腳好像變長，肌肉也變發達，臉上五官和皮膚又癢又腫。

一會兒後，姥姥停止運功，志達也恢復了行動力，卻覺得渾身不自在。姥姥猛然抓著他的雙肩，望著他出神，然後捧著他的臉，深情又喜悅的叫著：「阿文，我的好阿文……」

「你在叫誰？」志達感到莫名其妙。

「我的好阿文，娘好想你，你終於回來了，娘好想你……」姥姥熱淚盈眶，雙脣顫抖，深情的望著他。

「什麼阿文？我是林志達，姥姥你怎麼忘了……」

「阿文，我的好兒子，嗚……回來了就好，回來了就好……嗚……」姥姥突然抱著他大聲痛哭。

志達心中暗忖：這到底是怎麼回事？可是看她哭得這麼傷心，志達不僅沒有推開姥姥，反而靜靜的讓她盡情發洩，不知不覺情緒被姥姥感染，也跟著傷心落淚。

「哇……」這時，小嬰兒忽然大哭。

姥姥被那哭聲喚醒，終於止住淚水。

「姥姥，你把我怎麼了？我渾身不舒服。」志達擦去眼淚，難過的問。

「你去水缸那兒照照。」

志達走到水缸前映照水面，竟看到了一張陌生的臉孔。

「啊！這是誰？」他驚訝極了，低頭看看自己的身體和手腳，怎麼變長也變壯了。

「怎麼會這樣？」志達驚慌不已。

「別慌，我只是用最上乘的易容術，將你變成我兒子的外貌，就連身材高矮都如出一轍。」

「武聚文？」志達驚叫。

「是的。」姥姥尷尬的笑著說，「我第一次見到你時，就想起了我的兒子，因為你和他眉宇之間有些神似。」

志達又照了一次水面，原來姥姥的兒子眉清目秀，是個帥哥。

「姥姥，雖然我渾身不舒服，不過我願意忍受這種痛苦，繼續當你的兒子，只求你放過那個無辜的小嬰兒好嗎？」志達思考了一會兒，誠懇的說。

「傻小子，」姥姥嘆氣說，「這易容術如果沒有持續輸入內力維持，要不了多久便會失效，恢復原來的模樣。」

果然不久之後，志達便覺得疲疼的感覺慢慢消失，等到全身舒爽無恙，再去照水面，已經恢復自己本來的容貌。

「求姥姥教我『易容術』。」志達靈機一動，跪下拜師。

「你學這功夫做什麼？」

「你想念兒子時，我可以扮成他給你看，其他時候，我也能用來幫助別人！」

「教你可以，但你得發誓不可用來做壞事。」姥姥嚴肅的說。

「我林志達發誓，不會用易容術做壞事。」志達即刻挺起腰身，舉手抬頭發下誓言。

「好。拜師吧！」姥姥抱起嬰兒輕輕撫慰，並且端正的盤腿坐下。志達恭敬的向姥姥磕頭三拜。

「很好，古傳的易容術由淺至深共分三種：第一種最簡單卻也最卑劣，是揭別人的臉皮來貼在自己臉上。」姥姥皺眉搖頭說。

「啊！這我看過。」志達回想起明鄭時期，嗞血魔狂狼揭去寧靖王的廚子阿土的臉皮，假扮成阿土的往事。

「第二種，用豬皮熬製，加入顏料色粉，在冷卻前趁熱捏塑出人臉，做成豬皮面具。我這次假扮成文思和尚，採用的就是這個方法，這種方式雖然效果差一點，但不會傷害別人。」

「我跟你相處那麼多天，倒是完全看不出破綻。」

「那是因為我發揮了高超的演技啊！呵呵！」姥姥繼續指導說明，「第三種就是剛才用在你身上的『分筋錯骨易容術』，以最上乘的內功加諸筋骨肌肉，調動全身的肌肉和骨骼位置，由內而外改變身材與外貌。如果再用胭脂色膏調整膚色，用假髮假鬚改變毛髮的濃密、長短，那就更能以假亂真，無法分辨。」

「哇！太神奇了。」志達讚嘆的說。

「三種易容術中，第三種最困難，尤其面部五官，差之毫釐，失之千里，因此需要非常精準的掌握。而且施展此功很耗內力，也會為易容者帶來分筋錯骨的痛苦，非必要不該使用。」

「我知道了，我會謹遵師父教誨。」

「現在，我就傳授你『分筋錯骨易容術』的內力心法，你且揮掌過來！」

志達揮出兩掌，姥姥隨即出掌相接，兩人四掌相對。志達覺得一股熱流傳進手掌，又流進手臂，又傳進肩膀、脖子和大腦，同時一句震撼人心的言語在腦海中響起：「眼、耳、鼻、舌、身、意」。

一會兒後姥姥收功放下雙掌，張開雙眼說，「我已將易容術的內力心法傳授給你，除了模仿對方的五官和身體，還要推敲那人的意念，才能成功不露痕跡。你要常常複誦體會。」

「遵命。」志達誠摯的說，「感謝師父。」

心法傳授完畢，志達便著手練習。他把內力都集中在丹田，發現其中有一股陌生的勢力潛伏其中，似乎在等他發號施令。他清楚分辨出那是姥姥所傳授給他，屬於易容術的內力，於是試著揣摩姥姥剛才發功的模樣。那內力果真被催動了，他也開始感受到身上各處傳來的痠痛苦楚。

他站起來到水缸邊，把那內力推向眼睛然後照照水面，看見眼睛大如牛眼；又把內力擠往鼻子再照水面，見鼻子變成酒糟鼻；再把內力傳到嘴巴，水面上浮現一個香腸嘴的男生。

「啊！」志達大吃一驚。

「呵呵呵！」姥姥被他逗笑了。

志達望著水面，回想剛才武聚文的容貌，緩緩驅動內力，忍著分筋錯骨的痛苦，將五官調整成他的樣態。「這樣像不像你兒子？」

「鼻子還要小一點，眼睛還要大一點，單眼皮才行……」姥姥一邊笑著一邊指導他，慢慢的姥姥的笑聲小了，又流下了熱淚。「這樣很像了。」

接著志達又練習調整軀幹和四肢，一會兒變高，一會兒變矮，漸漸的掌握了各種改變身體的要點。

天色漸漸暗了下來，雪嬌這時已經甦醒，嬰兒在她懷抱中安穩的吸著奶水。姥姥熬了一些粥給大家吃，直到夜幕降臨，伸手不見五指，大夥兒才歇息無話。

志達和姥姥累了一天，很快就沉沉入睡，黑暗中，志達彷彿感受到武聚文也來同榻而眠。

第十四章 意料之外的死因

隔天早上，志達起來後看見大家都還在睡覺，便悄悄的走出去。他在林子裡繞來繞去，順便採些野果子，聽聽蟲鳴鳥叫，聞聞花草芳香，心情也被大自然感染。大約半個時辰後，他走回破廟。

這時，雪嬌已經清醒了，坐在地上背靠著牆，懷裡抱著小嬰兒。葵花姥姥盤腿坐在一旁閉目運功，想必是昨天用了許多真氣，需要調理。

志達將剛才在林中採來的漿果遞給雪嬌，雪嬌抬頭，眼中透出母愛的光輝。「謝謝你，小兄弟，我剛好有點渴。」

「真是個白胖小子，真可愛。」志達看著小男嬰，歡喜的說。

「為了養這一胎，春發每天準備佛跳牆給我進補，果真把這小娃兒養得胖胖嫩嫩。春發他……」雪嬌忍不住喜悅，說出了丈夫的名字，忽然又覺得不妥，急忙閉嘴，望向姥姥。

「咳！」姥姥張開眼睛，收了功，溫和的說：「剛生產完的產婦身子虛冷，得要好好進補。」

志達望著姥姥卻沒說話，因為他知道姥姥的心意了。

「收拾收拾，我帶你回家坐月子。」姥姥這話是說給雪嬌聽的，但雪嬌兩手空空被挾持而來，哪有什麼東西好收拾？

「是收拾心情吧！」志達笑著說，被姥姥白了一眼。

「小兄弟，真感謝你，姥姥都跟我說了，要不是有你苦苦勸她，我這孩兒早就沒命了。」雪嬌感激的說，「你是我的恩人呢！」

「那不是我的功勞，是姥姥大發慈悲。」志達客氣的說。

「你我一人一邊，扶著雪嬌。」姥姥對志達下令。

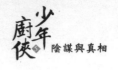

「用輕功回去嗎？」志達問。

「那還用說。」姥姥理所當然的回答。

他們啟程出發。半個時辰過去，他們回到了「聚春園酒樓」，只見平常人來來人往的酒樓此刻大門深鎖，沒有營業，店鋪裡空無一人。

三人進到後院內室，這才發現鄭春發倒在床榻上昏迷不醒，酒樓的老廚子在一旁看護著。

「啊！回來了。還生了白胖的娃兒，這是……還是……」老廚子驚愕得語無倫次。

雪嬌驚訝的上前推推鄭春發：「春發，你醒醒，你怎麼了？」

「這是怎麼回事？」葵花姥姥問老廚子。

「唉！老闆看見妻兒被奪，悲憤之下口吐鮮血，昏厥不醒啊。」老廚子悲傷的說。

姥姥上前為鄭春發把脈，然後嘆口氣說：「他這是急火攻心，心脈受損所引起的連鎖反應，導致腸胃出血，陷入昏迷。」

「快去請大夫啊。」雪嬌焦急的對老廚子說。

「大夫來看過了，搖頭說是無能為力，就離開了。」老廚子傷心的說。

「嗚……春發，你才剛得了兒子，卻沒有福氣看他長大，怎麼會這樣……嗚……」雪嬌悲傷的哭泣。

姥姥低頭思索了一會兒，然後對老廚子說：「灶房可有豬小腸？」

「今日沒有開店，未曾採買食材。」老廚子搖頭。

「去市場買些回來。」姥姥指示他。

「要做什麼用？」老廚子和雪嬌同聲發問。

「他的病是我造成的，我有責任把他醫治好。你聽我的話去做，我有把握可以讓鄭春發恢復健康。」姥姥懇切的說，「順便買幾隻雞，打一罐麻油回來。」

「灶房裡就有麻油。」老廚子說。

「姥姥你這是？」志達不確定的問。

「昨晚我想清楚了。」姥姥語重心長的說，「當我心存報復時，心中有如被魔鬼占據，痛苦不已。我的兒子已經死了，就算我殺死一百個鄭春發的兒子，他也不會復活，而我卻會痛苦一百次……」

「姥姥，你……」志達想說些安慰的話，又覺得說了多餘。

「你跟我來。」姥姥對志達說，「隨我去採野菜。」

「好。」志達說。

「你將豬小腸和雞買回來之後，先做麻油雞為雪嬌補身，快去快回。」姥姥交代老廚子說。

「好的。」老廚子一聽急忙出門去了。

姥姥帶志達到附近野地走了幾圈，採回好幾把苦菜。

回到酒樓之後，小腸也買回來了，姥姥進灶房煮了「苦菜小腸湯」，一邊給鄭春發灌菜湯，一邊說：「我本是閩南永春縣人，這苦菜是我們小時候常吃的野菜，可以降心火。鄭春發吐血是腸胃有傷口，小腸可以幫助傷口復元，滋補身體，這兩樣東西煮在一起，正好可以治他的病情。」

志達也舀了一小碗來吃，雖然一入口非常苦，卻感到福至心靈，腦海中浮出「寬恕之美」四個字。他心想，是了，這是全脈神功第五式的內力心法。

他走出屋子，到院子裡冥想著這四個字，便覺得胸口心窩和下腹小腸處發出熱氣，兩股熱氣匯聚丹田，又四散到全身經脈和肌肉，引導它們運行，因而打出全脈神功第五式。然而這一回跟前幾次不同，這招式結束之後，他忽然感到身體聚集了滿滿的內力熱氣，並且上上下下的流竄。

姥姥端著空碗從屋裡走出來，看著志達施展功夫，竟看傻了眼。一會兒志達練完功，姥姥回神，驚喜的對他說：「我不知道你練的是什麼功，但是我遠遠看到你眉心發出紅光，那是『上丹田』的位置，表示你原本的功力加倍成長了。」

「哦？」志達很驚訝。

「不信你跳上屋頂看看。」姥姥提議說。

志達一點頭，單腳一蹬人就飛起來。他原本想落在二樓的屋頂，沒想到卻直上青天，到達相當八樓的高度，令他又驚又喜。

接著，他又朝著牆壁使出吸拉的內力，瞬間便攀上牆壁，速度比以前快了兩倍。他在屋舍間又是跳躍又吸附攀爬，像一隻在林間飛翔的快樂小鳥。

到了傍晚時分，鄭春發醒了，雪嬌說明了事情的經過後，他請雪嬌帶葵花姥姥進屋，當面對姥姥說：「我對天發誓，我沒有下毒殺害武聚文，如果有，就讓我被打入十八層地獄，永世不得翻身。」

「但我兒子確實是吃了你帶來的豆瓣醬中毒的。」姥姥疑惑的說，「就算我願意相信你，還是無法解惑。」

「你也吃了嗎？」志達問她。

「我沒吃，所以沒有中毒。」姥姥說。

「可否詳細說明當時的情形？」鄭春發誠懇的對姥姥說。

「事情是這樣的，」姥姥鼻子一酸，強忍著淚說：「那一天你離開之後，聚文興沖沖捧著一罐東西，對我說：『這是聞名天下的四川陴縣豆瓣醬，我當廚子那麼多年，卻從來沒有嘗過，聽春發說拿來炒豬肉絲很美味，我們快來嘗鮮。』接著便拿進灶房炒了肉，拿來給我品嘗。我還沒動筷子就看他神色不對，臉色蒼白，頭冒冷汗。我說：『聚文，你怎麼啦，不舒服嗎？』他說他吃了這道菜後突然覺得頭昏噁心。我一聽驚訝的說：『該不是中毒了吧？』便把那盤豆瓣醬炒肉絲倒掉了。」

「我在四川買了十二罐，回來之後還有十一罐，用來做菜給大家吃，都沒有問題啊。確定是吃了我送的豆瓣醬所引起的嗎？」鄭春發疑惑的說，「那剩下的豆瓣醬呢？有沒有其他人吃過？」

「那是有毒的東西，我怎麼敢再給別人吃。」姥姥傷心的說，「我挖了坑，把它倒進去埋了。我聽說黃連可以解毒，就用黃連燉成湯藥讓他服下，誰知道他喝完後兩個時辰就死了。嗚……」

「啊……」鄭春發驚恐又不捨，難以言語。

「除了臉色蒼白、頭暈、噁心，他還有沒有其他症狀？」志達好奇的問。

「有，」姥姥眼睛瞪得大大的，驚恐的說：「他的尿液就像茶色的藥汁，我初看時還以為他尿出血來，後來拿到太陽下看，才知道不是血。」

「啊！難道是……」志達想起了一個人，天生有「蠶豆症」的李繼程。

「怎麼了嗎？」眾人都好奇的望著他。

「那豆瓣醬是不是蠶豆做成的？」志達問鄭春發。

「沒錯，我在購買的時候問過，確實是蠶豆所製。賣豆瓣醬的老闆說，唯有蠶豆發酵才有那樣的好滋味。」鄭春發說。

「那麼我知道了，武聚文天生體質特殊，不能吃蠶豆。」志達嚴肅的說著。

「只要吃了蠶豆，就會發病。」

「有這種病？」姥姥問。

「是的，而且這種體質也不能吃黃連之類的藥材，你用黃連幫他解毒，其實是火上加油，加重了他的病情。」志達誠摯的說。

「啊！怎麼會這樣？」姥姥驚愕不已，隨之懊悔哭泣，「我的聚文，是我害了你，嗚……」

「姥姥，請你原諒我，我不知道聚文吃了豆瓣醬會中毒。」鄭春發委屈傷感的說，「我和他友誼深厚，為了報答聚文兄教我烹煮『福壽全』的恩情，我因此取他名字中的『聚』字和我的『春』字，將酒樓取名為『聚春園』。誰知道他竟因我而死啊！對不起，請原諒我……」

「唉……」姥姥哭了一陣子之後，收拾起情緒，長長的嘆了一口氣：「說來這原來是一場意外，你並沒有錯，談不上原諒不原諒，只怪我家聚文自己命短福薄，而我也注定是個孤獨無依的老太婆……」

「不，姥姥，你留下來，我的命是你救的，我妻兒的生命也都是你救的，你是我們家的大恩人，讓我奉養你終生，尊你敬你如親娘，好嗎？」

「這……」姥姥猶豫不決。

雪嬌連忙過來抱住姥姥，跪下懇求。姥姥這才點頭，鄭春發掙扎著從床上坐起，三人抱頭痛哭。

志達也感動流淚，他吸口氣，走出屋子，敲擊軒轅石。

「雷金流火，天地玄黃，元祖叱吒，萬古流芳……」

第十五章
突襲校園的新督學

體育館的屋頂再次冒出青色火焰，志達回到學校，看附近無人注意，便用輕功輕巧的跳到地上。

「噹……噹……噹……」上課鐘響了，志達回到教室，若無其事的繼續上課，但心中想的都是如何去調查族譜的真相。

中午吃飯時間，他跑去找羽萱。對她說：「我發現一個方法，可以混進銀行，打開保險箱。」

「什麼方法？」

「你跟我來。」

志達帶羽萱來到廁所前面，然後自己跑進男廁拿出手機，從瀟湘煙雨湘菜館的網站中調出魏鼎辛的照片，把照片放大，然後對著鏡子施展「分筋錯骨易容術」。他催逼內力集中到臉上，然後讓眉骨高一點，鼻骨低一些，又讓顴骨突一點，下巴收一些。接著把額頭的肌肉收縮，製造出一排排的抬頭紋，內力又推向眼睛下方的肌肉，讓眼窩下方鼓起，製造出一雙大眼袋，最後再讓眼窩兩側和口腔附近的肌肉萎縮，使得眼尾產生深深的魚尾紋，嘴唇皺巴巴，鼻翼兩側往下生出兩道又深又長的法令紋。

他左右轉頭照照鏡子，看看臉上處理得差不多了，這才發現他的耳垂太短窄，因此又施加內力過去，將那兒的小肌肉往下拉，製造出一對大耳垂。

一旁有男同學看見了，好奇發問。

「咦？有變裝比賽嗎？」

「萬聖節的化妝舞會時間還沒到吧？」

「你們班在上話劇課嗎？」

志達不理會他們，專心一意的調整細節，讓自己假扮得唯妙唯肖。

他看看差不多了，走出男廁，來到羽萱面前。

「魏鼎辛長老！」羽萱驚訝的後退一步，「你怎麼突然來了？來我們學校有……有什麼事嗎？你找誰，怎麼穿我們的制服……」

「哈哈哈！」志達看她語無倫次的樣子，抱著肚子大笑。

「啊？不會吧？」羽萱聽到志達的聲音，一時瞪大眼珠子，盯著志達的臉來回細看，然後皺起眉頭，大惑不解的問：「這是怎麼回事？」

「分筋錯骨易容術。」志達簡單回答。

「怎麼辦到的？」羽萱伸手在他臉上摸了又摸，又用食指和大拇指掐他的臉皮，意圖扯下來。

「痛啊！」志達出聲阻止，用手撫摸自己的臉，「我的大小姐，請你輕一點，這可是如假包換，真材實料的真臉皮。」

「喔……」羽萱仍然驚愕的看著他的臉，老半天說不出話。

「我們到旁邊去，讓我慢慢說給你聽。」

志達帶她到一旁的花臺坐下，然後把這次穿越到古代所發生的事，鉅細靡遺的說給羽萱聽。

「哇！這未免太神奇了。」她驚訝之餘，開玩笑說，「可不可以請你幫忙？哪天等你有空，易容成我心儀的偶像明星，讓他陪我吃晚餐，哈哈哈！」

「那有什麼問題。」志達爽快答應，「只要不是做壞事都行，我有向葵花姥姥對天發誓，不用這個功夫幹壞事。」

「太棒了。」羽萱超級開心。然後她又盯著志達的臉看了一會兒，搖搖頭說：「臉上的五官是很像啦，可是魏鼎辛有點禿頭，臉上有老人斑，膚色也比較暗沉，這些都不像。」

「我聽姥姥說，髮型可以靠假髮掩飾，但膚色就得用化妝了。」

「那沒問題，這些東西道具店都借得到。」

「但我今天下午就想假扮成魏鼎辛潛進銀行。有機會揭開族譜的祕密，我一刻都等不及。」

「喔！讓我想想……」羽萱摸摸下巴，「我知道了！禿頭可以戴上帽子掩飾，至於黑斑和膚色，我可以找我媽幫忙。」

羽萱二話不說，拿起手機打給她媽媽。

「媽，我和志達找到關於主上的線索了。不過志達需要化妝，你能幫我送你平常用的化妝品到學校來嗎？……對啊，還需要一些服裝……帽子、襯衫、西裝外套，快一點喔！」

「你真厲害，設想得那麼周全。」志達笑著說。

「那還用說！」羽萱掛上電話，輕輕笑著說。

「真的謝謝你。」

「你先恢復原狀吧！免得嚇到老師們。」

「好。」

志達走回廁所，將臉上的內力全都收攏回去，集中到丹田，恢復了自己的青春容貌。

他們先各自回教室，吃過飯後，羽萱傳簡訊給志達，要他先跟老師請假，接著在人煙比較稀少的活動中心前碰面。

志達依照羽萱吩咐向老師請了事假，拿了假單，背著書包來到活動中心外，看到羽萱對他揮手。

志達走過去，羽萱秀出準備好的東西說：「化妝包，我媽的。帽子、襯衫、西裝外套，我爸的。」

「太好了，我這就去換裝。」志達拿了轉身便要走，卻被羽萱叫住。

「等一下。」羽萱急忙從後面追趕上來。

「怎麼了？」志達好奇的問。

「你知道怎麼化妝嗎？」羽萱問。

「哎，我的確沒化過妝。」志達不好意思的抓抓頭說。

「我從小玩我媽的化妝品長大的，讓我幫你吧。」羽萱自信滿滿的說。

志達點點頭，和羽萱一起走進活動中心。他躲進廁所再次施展易容術，假扮成魏鼎辛。這時候，羽萱也拿出手機，調出魏鼎辛的照片，一邊對照，一邊在志達的臉上塗上深色的粉底，再用黑炭筆畫出老人斑，讓他越來越接近一個六十多歲的老人。

完成之後，志達換了衣服，羽萱幫他戴上帽子，遮掩住濃密的黑髮。

「哇！簡直就是從鏡子裡走出來的魏老闆。」羽萱讚嘆的說，忽然她又覺得哪裡不對勁，上上下下細細的打量志達。「不行，你的手太細太嫩，身高也矮了一點，這怎麼辦？會露出破綻的。」

「我忘了這些細節，等一下。」他閉起眼睛專心致志，再次施展「分筋錯骨易容術」，這回把內力推向四肢，拉長了筋骨和肌肉，又讓手指變粗，皮膚毛孔變大。

羽萱親眼目睹易容術的變化，忍不住嘖嘖稱奇，最後她在志達的手背和指頭上都塗上深色粉底，再用黑炭筆修飾一下，就大功告成了。

「好，我走了。」志達說完便轉身要走。

「喂，等等，魏鼎辛是個老人，所以你的背要駝一點，走路慢一點，這樣才更像。」

「我試試看。」他照著羽萱說的，原地來回走了幾趟。

「對對對，這樣可以了。」羽萱說完又發覺不對，「不行，你的聲音。」

「喔！」志達張大眼睛，會意點點頭，然後瞇起眼睛，裝出老態，用滄桑的聲音對羽萱說：「小妹妹，你迷路了嗎？讓老爺爺帶你回家吧！」

「哈哈哈！」羽萱捧腹大笑說，「真的好像！」

「好，這次真的走了。」志達往大門走去。

羽萱目送他的背影，頻頻向他揮手。

志達走著走著，漸漸習慣分筋錯骨帶來的疼痛，不知不覺忘了自己現在的身分，變回原本輕快的步伐，背也挺直了。

來到校門的警衛室前，警衛看見他，忽然從椅子上站起來。

「啊！」志達看到警衛，把手伸進口袋拿假單，卻只摸到了手機和捷運票卡，這才想到假單放在書包裡，遺留在活動中心裡忘了拿。「糟糕！」

「這位老先生，您是？」警衛先生走上前來，疑惑的望著他。

「咳咳！」志達這才驚覺自己不是林志達了，趕緊清清喉嚨，故意挺起胸膛，捲起舌頭壓低聲音說，「我……我是新上任的督學……」

「督學好！」警衛先生驚訝的雙腳一蹬，立正站好，並向他舉手敬禮。

志達忍著笑意，迴避警衛的眼神，對他點點頭，腳步不停的向前走。

「怎麼校長或主任沒送您出來？」警衛彎著身子跟過來。

這警衛真是跟屁蟲。志達心想，他只得又點頭，然後揮揮手。

「難道是沒有預警的突擊檢查？」警衛喃喃問道。

「噓！」志達停下腳步，把食指放在嘴脣上，故作神祕的看看左右，然後對警衛揮手繼續前進。

警衛見狀一愣，不再跟著他，志達得以慢慢走出大門。

在他身後，傳來警衛懊惱的自言自語：「完蛋了，現在通知校長也來不及了。」

第十六章
保險箱裡的終極證物

志達憑著記憶用手機的地圖功能搜尋那家銀行的位置，找出前往那兒最短的捷運路線，花了半個多小時便抵達銀行。

他站在銀行門口，心臟怦怦亂跳，感覺忐忑不安。他深深吸口氣讓自己鎮定下來，然後彎腰駝背，慢慢的爬樓梯上二樓，找到昨天接待魏鼎辛的職員，對他點頭揮手。

「魏老闆您來了，歡迎啊！」男職員親切的迎上前。

志達看到他的襯衫胸前別了一個名牌，上面寫「趙常山經理」，便握起拳頭放在嘴巴前咳嗽兩聲，壓低聲音說：「趙經理，今天又來麻煩你了。」

「唉呀！魏老闆太客氣了。這是我們的工作，不管什麼時候都很樂意為您服務。」趙經理看他的打扮跟姿態，關懷的問說：「魏老闆您怎麼了？聲音有點沙啞，是身體欠安嗎？」

「是啊！昨天晚上貪涼，開冷氣睡覺，著涼嘍！」志達苦笑，還吸了一下鼻子，「今天起床就頭昏腦脹的！」

事實上，他運用內力已久，真氣有些不濟，身上又感到分筋錯骨的痛楚。

「您要多保重啊！」趙經理又說。

「謝謝你關心。」

「那麼今天來，有什麼需要我為您服務的嗎？」

「一樣，我要開保險箱。」志達瞇起眼睛，刻意顯得疲累。

「好的，請您在鍵盤上輸入密碼。」

啊！志達心中一驚，想不到有密碼，他不知道什麼密碼呀！這可怎麼辦？

「這……喔……」志達發出遲疑的聲音，接著長長的嘆口氣。「唉！趙經理，看來我病得不輕，竟然頭昏腦脹得忘了密碼。這可怎麼辦才好？」

說完後他又吸了兩下鼻子，然後歪頭扶著太陽穴，露出痛苦的表情。

「這個……按照公司的規定，需要輸入密碼給我們核對，無誤之後才能給您鑰匙的呀！」趙經理為難的說。

「我知道這有違規矩，不過我急著要拿一樣東西，這密碼也只有我知道，要是等我病好想起密碼，那就來不及了。」志達用哀憐的口氣說，「趙經理，能否請你通融一下？改天到我們瀟湘煙雨湘菜館，讓我好好的請你吃一桌湖南大菜！」

「好吧，您是我們銀行的大客戶，自然可以例外。但是請您不要讓其他人知道，免得讓我受罰。」趙經理靠過來，壓低聲音說。

「那是當然。」志達不停的緩緩點頭。

趙經理走進櫃臺後面，在一臺電腦上輸入資料，嘴裡無聲的唸著一組號碼，然後從後方櫃子裡拿出一把附有號碼牌的鑰匙，再走過來交給志達。

「有勞了，謝謝。」志達學大人說話的口氣，接過鑰匙，轉身走進一旁的保險箱室。

他按照鑰匙上的號碼牌，找到了同樣號碼的保險箱，懷著一顆忐忑不安的心，把鑰匙插進鑰匙孔，將鎖轉開，拉開那個深深的抽屜。

「太棒了！」志達忍不住輕輕叫了一聲。

那本藍色的「魏氏族譜」果真躺在裡頭，一旁還有好多金條、珠寶首飾，以及股票證券、契約之類的東西。

他拿起那本族譜，一翻開卻愣在原地，因為裡面密密麻麻的寫了無數的人名，這些人名幾乎都是姓「曹」。

「這根本就是香港那本『曹氏族譜』啊，肯定是被魏鼎辛搶走後換了書封。」志達低頭又想，「可是他為什麼要這樣做呢？他真的是主上嗎？」

他開始尋找「曹雪芹」的名字，翻來找去，不久後終於找到了。

曹雪芹的兒子底下注記「早殤」兩個字，想必是因為小時候就夭折的關係。一旁，曹雪芹的堂兄曹風竹有兒子，底下注記「繼子」。看來那曹風竹遭受虎魔毒害後無法生育，過繼了一個人來當兒子。後來曹風竹的繼子開枝散葉，有十幾世的子孫，人數眾多。

啊！魏鼎辛的名字竟然也列在下面一堆人名中，魏興則位在魏鼎辛下面。在魏鼎辛之上的那個人是曹明通，一旁注記「出贅」，而曹明通的旁邊是魏氏。這是怎麼回事？

志達的腦筋當真昏沉起來，當然不是感冒，而是頂著內力持續運作「分筋錯骨易容術」，一路撐著筋骨錯置的痛楚，到這會兒已經有些承受不住，虛弱疲累了。但從這本「魏氏族譜」看來，魏鼎辛確實是曹雪芹家族的後代子孫，或許正因為這本族譜對他別具意義，所以他才會出手搶奪族譜。可是一本族譜值得他冒這麼大的險嗎？不，這不是搶奪族譜的好理由，他一定是害怕我和羽萱查出真相才搶走它的。

然而，魏鼎辛雖然搶走族譜，但曹氏的在世子孫並不少，那些人也都有子孫，每一個都是曹雪芹的後人，每一個都可能傳承了那個裝有蚩尤石的錦囊。

那麼該怎麼確認？誰才是真正擁有那傳家之寶的主上？

志達正想得出神之際，瞄見保險箱深處有個雕刻精美的小木盒。他好奇的拿出來打開，赫然發現裡面是一個錦囊，上面還有被剪破的布條封印，繡有「王小余封印，乾隆十三年」等字。

天哪！這不就是媽媽說的，那個裝蚩尤石的錦囊嗎？

到這兒已經非常清楚，魏鼎辛擁有蚩尤石，他搶走族譜，他豢養噬血魔，他就是主上！

志達把錦囊塞進褲子口袋，拿起族譜，把木盒擺回去，鎖上保險箱，走出去歸還鑰匙。

「謝謝趙經理，有空來餐廳吃飯，讓我好好招待你。」志達忍著身上的痛苦，用僅存的內力說著。

「魏老闆太客氣了，請慢走。」趙經理鞠躬比出右手，指引下樓的方向。

志達轉身才要走，忽然趙經理大喊一聲「等一下！」，志達嚇得滿身起了雞皮疙瘩，站在原地一動都不敢動。

難道我露出破綻，讓他發現了嗎？志達慌張不已，頭上冒出許多汗珠。

「魏老闆，您的鞋帶鬆掉了，我來幫您繫好。」趙經理說著，一個箭步來到他面前蹲下來，幫他綁鞋帶。

我穿著學生褲和跑鞋，萬一被發現怎麼辦？志達心中暗自祈禱，希望趙經理不要起疑才好。

「好了。」趙經理站起來，看著志達眼睛張得老大，「魏老闆，您額頭都冒冷汗了！真的要好好保重，小病不醫終成大患啊。」

「會的，謝謝你，我待會兒就去診所一趟。」志達點著頭，慢慢走下樓梯。

走出銀行之後，志達大大的鬆了一口氣，然後轉到一旁巷子裡，找個隱蔽處坐下來，把族譜放在大腿上，卸下頂住筋骨肌肉的內力，再慢慢收攏在一塊兒，安進丹田處。

然而剛才易容耗掉他太多內力了，他感到氣血不足，精力虛弱，必須提振一番才行。他慢慢調整呼吸，感受氣息重新在四肢百骸中運行，再將內力凝聚在丹田，就這樣反覆數次，最後在胸前畫一個大圓，緩緩吐出一口氣。

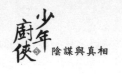

短暫休息後，志達覺得恢復了精神，看看手機上的時鐘，已經快要五點了。他一刻都不願停留，再次搜尋手機中的地圖，找出瀟湘煙雨湘菜館的位置，啟程去找魏鼎辛對質。

半個小時後，志達抵達瀟湘煙雨湘菜館，透過落地大玻璃窗，看見接近晚餐時間，已經陸續有客人前來用餐，服務人員忙著點餐送餐，卻到處不見魏鼎辛。他一走進去，便質問櫃臺人員：「請問魏老闆在哪裡？」

「你不是繼程的朋友嗎？老闆在樓上還沒下來。」櫃臺人員說，「繼程也還沒到家，你在這兒坐一下。」

「我去找魏鼎辛。」

志達說完就走進去按電梯。

「啊……」櫃臺人員原本想要阻止，但剛好有客人上門，她只得忙著招呼，無暇他顧了。

電梯在十五樓停下，志達走出電梯正要轉開大門，恰恰大門打開了，魏鼎辛西裝筆挺的走出來，準備到樓下餐廳招呼客人。

「林志達！你怎麼又來了？」魏鼎辛驚愕的叫出聲。

「我是來揭開你的真面目的。」志達不客氣的說，並且展示出手中的族譜。

「你怎麼會有我家的族譜？」魏鼎辛即刻臉色一變，生氣的問。

「這不是『魏氏族譜』，」志達指著封面上的字，「而是你從我手中搶來的『曹氏族譜』。」

「你在胡說什麼？你怎麼會有這本族譜？我明明昨天才放進銀行的保險箱……難道是你偷來的？不可能呀！銀行戒備森嚴，保險箱又在二樓。還是你串通了經理？」

「我已經查出來了。你是曹雪芹的後代，你擁有蚩尤石，你就是主上。是你毒害了我媽媽，又用毒針暗算我，連帶害死湯之鮮。」志達一股腦兒的數落魏鼎辛的罪狀。

「胡說八道，證據在哪裡？你憑什麼像上次一樣誣賴我？」魏鼎辛壓抑盛怒說，「快交出族譜，我就不跟你計較，否則用偷竊罪抓你去警局。」

「就憑這本族譜。」

「一本族譜能證明什麼？」

「還有這個被封印的傳家寶錦囊。」志達從口袋掏出錦囊。

「可惡！你到底還拿了什麼？」魏鼎辛壓抑不了怒氣，大聲咆哮起來，「都還給我。」

「不，我要交給警察，這是最有力的證據。」志達嚴正說著。

「由不得你！」魏鼎辛一隻大手抓過來，志達連忙閃躲，把錦囊又收進褲子口袋內。

魏鼎辛撲了空，氣急敗壞，揮舞雙掌，打出一道陰風，志達急忙丟下族譜，往旁側身閃過，並且施展全脈神功對付。

「你會五毒陰功，還不承認自己是主上？」

「少廢話，今天我不只要拿回錦囊，還要拿走你的軒轅石。看招！」魏鼎辛勾起手掌高懸頭頂，一個箭步挨近志達。

志達一看不妙，轉身跑進樓梯間，飛快爬上頂樓的天臺。

魏鼎辛追上天臺，兩人在寬闊的空間對打，有時互相躲開對方的內力襲擊，有時以掌風正面迎戰。兩人騰跳踢轉，拳打、臂格、肩撞、膝頂，肘擊，一陰一陽的掌風與內力不停的在空中旋轉飛舞。

十幾回合下來互有輸贏，卻沒有人能打敗對方。

趁志達剛彈跳落地而喘息的短暫時間，魏鼎辛集中全身陰氣到丹田，重重對志達揮出一掌。志達轉頭發覺，急忙輕功飛跳起來躲過。然而倉促中，志達卻忘了控制已經提升的強大內力，飛得太高太遠，竟飛出女兒牆外，直直往樓下墜落。

第十七章 陰謀與真相

就在十分鐘前，繼程正搭著公車往回家的路上，他忍不住再次回想那封信的內容。

鼎辛：

來港已經兩個月了，十分想念你們。虹還好嗎？別忘了每天餵她吃藥。彩在學校的功課還跟得上吧？與比較皮，叫老師盯緊一點，不乖就處罰。

你叫我來香港租房子是對的，這兒不但有好幾條中藥街，五毒蟲卵的地下交易也很熱絡，我的錢目前還夠用，但希望你再匯一些過來，這兒物價不低。

我練功進度良好，服食中藥和五毒蟲卵熬成的藥汁以後，五組經脈都能練出冷涼之氣，而且越來越旺盛。目前招式都已熟練，就等冬至去眉心穴吸取極陰之氣，便可大功告成。

等我練出奇功，我們的虹就有救了。距離冬至只剩一個半月，你且忍耐……

繼程深吸口氣，抹去溢出眼眶的淚珠。

下車後走進餐廳，櫃臺人員對他說：「你朋友跑到樓上去了，好像說要找老闆還是找你？我也搞不清楚，你快去看看。」

「啊！」繼程一聽知道有問題，急忙搭上電梯來到十五樓。

電梯一開，他看見大門開著，門口的地上躺著一本「魏氏族譜」。

「志達！林志達！」他把族譜拿進客廳，放在桌上，又朝裡面喊著：「外公！外公！」

「不對呀！這裡都沒人，難道在樓上？」繼程說著急忙跑出去，直接爬樓梯一層一層上去察看，直到二十一樓的頂樓天臺，剛好看見外公對志達揮出重重的一掌，志達高高的往前跳起來躲過那掌風，女兒牆上留下一個黑掌印。

但下一秒志達竟然摔下女兒牆，消失蹤影。

「志達！」繼程慌張的大叫，整個人傻愣在樓梯口。

魏鼎辛回頭看他一眼，鐵著一張臉走到女兒牆往樓下看去。

「太高了，看不到人，鐵定摔得粉身碎骨。」魏鼎辛吐出一口氣，鬆懈下來。

「外公！你怎麼可以把志達打到樓下去，你殺死他了，嗚……」繼程傷心的跪地哭泣。

「是他自己跳出去的，不准說是我打他的，誰來問都一樣，聽到了沒有？」

魏鼎辛轉身對繼程說，然後往樓梯口走，準備下樓去拿志達的軒轅石。

「啊！」志達忽然從女兒牆後面出現，輕功越過牆頂，又揮掌過來。魏鼎辛察覺不對，急速轉身與他對招。

「你這小子真是命大，這樣也摔不死你？」魏鼎辛好奇的問。

「還好我有吸拉的內力，及時朝大樓外牆施展吸力，才能趕快爬上來。」志達慶幸的說。

兩人又對打起來，花招百出，內力亂射，仍然平分秋色。

繼程止住眼淚在一旁看得眼花撩亂，目瞪口呆。一會兒之後，他想起那封信，心中一酸，便一鼓作氣，跳下去幫志達打外公。

「啊！」魏鼎辛的背部遭到一擊霹靂南瓜拳，往前一踉差點摔倒。他回頭，痛心疾首的說，「你竟然幫著外人對付我，真是白疼你了……」

「外婆就是赤焰大仙。」繼程義正詞嚴的說。

「什麼？你說什麼？」魏鼎辛驚異的問他，「什麼赤焰大仙？」

「繼程，你是怎麼發現的？」志達也感到驚訝，停止攻擊。

「我看到外婆在香港寫給你的信，她到眉心穴去練一種奇功，為的是醫治虹虹阿姨的心臟病。」繼程難過的娓娓道來，「我推測，回到古代去抓噬血魔的女人，就是外婆。」

「你這孩子在亂講什麼？」魏鼎辛生氣的罵著。

「而你，是下毒害人的主上。」繼程痛心的說，「外公，你為什麼要做那麼多壞事？為什麼要害人？」

「我做了什麼？」魏鼎辛仍不打算承認。

「我親眼看見的。我在地下三樓的暗室都看見了。」繼程繼續細數他的發現，「牆上有十多個監控螢幕，對面牆上貼著一張寫有五大神菜的破紙，一旁懸掛一個大神主牌，上面同時奉祀『曹』和『魏』兩個姓……」

「繼程！」魏鼎辛阻止他往下說，「你不要管這件事，就當作什麼都不知道，快讓到一邊去。」

「為什麼？外公，你為什麼要這樣做？」繼程既著急又困惑，忍不住又流下淚水。

魏鼎辛不答。

「這麼說來，第五道神菜的菜名，是你寄給我的？」志達問。

繼程沒有說話，但是明確的點頭。

「你這吃裡扒外的東西，我要把你趕出家門！」魏鼎辛豎起眉毛，雙眼如著火一般對繼程咆哮，整張臉都漲紅了。

志達一看，突然想起衛好農在眉心穴練全脈神功時，眉心發出紅光的事。他細想，衛好農打出的全脈神功那麼強勁，是不是跟眉心發紅有關呢？記得葵花姥姥提過「上丹田」，也是在眉心，難道那兒是用來集中內力的地方……

他趁兩人對話之際，將全身經脈的內力全都往上催逼，集中到眉心間，感覺腦中熱脹不已。

這時，魏鼎辛把繼程推開，又對志達展開攻勢。志達翻身一轉，把頭上凝聚的所有內力打出去，沒有想到全脈神功的威力增加數倍，掌風汩汩湧出，如海嘯襲岸般打在魏鼎辛推出的雙掌上，魏鼎辛猶如遭遇慧星撞擊，飛速後退撞上女兒牆。

原來由「上丹田」所發出的內力，會比來自腹中丹田強勁好幾倍。

「嗚……」魏鼎辛口中吐血，無力動彈。志達衝上前去，舉高右掌要給他致命的最後一擊……

「外公！外公！」繼程急忙跑過去抱住他。

「啊……」魏鼎辛緩緩搖著頭，氣若游絲，「我武功盡失……毒氣反噬經脈，我感覺到它們正一寸一寸的斷裂……」

「外公！外公！你不要死……嗚……」繼程傷心哭泣。

志達看著繼程，腦海中卻傳來嬰兒的哭聲，同時閃現出葵花姥姥抱著嬰兒時百感交集的模樣。

他因此輕輕放下高舉的那隻右手。

「你為什麼要做這些壞事？」志達蹲在他們身邊，鄭重的問魏鼎辛。

「一切……都是為了……為了治好虹兒的病……呼……」魏鼎辛不住的喘

息，似乎將要斷氣。

志達忙將一股真氣輸入他的胸口，他深吸一口氣，氣息終於緩和下來。

「說清楚一點，也許我能幫上忙。」志達誠懇的說。

「事到如今，你還願意幫我嗎？」魏鼎辛不相信的問。

「聽起來這一切的壞事，全是你和你老婆所做的，跟魏虹阿姨無關。如果能幫助她，我當然願意。」志達誠懇的說。

「你……」魏鼎辛受到感動，流下眼淚，接著慢慢的說出隱藏已久的祕密。

「虹兒有先天性心臟病，我們遍尋名醫都不見效，聽說香港有奇功，練好之後能醫治各種病症，我的妻子因此前往，高價買下祕笈。祕笈中提到，必須在冬至時，到香港大嶼山龍脈的眉心穴，吸取極陰之氣才能練成，為此她長住香港好幾個月。」

「外婆的信裡有提到香港練功的事。」繼程附和著說。

「你外婆回來臺灣後用奇功醫治虹兒，卻害得虹兒神智不清，原來她學到的是五毒陰功。她為此十分自責，氣急攻心下失去理智，竟剪開了錦囊上的封印，意外讓蚩尤石重現江湖。」魏鼎辛緩口氣後又說，「蚩尤石指示，只要增強它的靈力就能治好虹兒，最快的方法就是把軒轅石碾成粉末混入五毒丹液中，再把蚩尤石放入吸取軒轅石的能量。」

「原來是這樣，所以你一直要搶我的軒轅石。」志達恍然大悟，「那麼，你為什麼要去偷湯之鮮的全脈神功祕笈？」

「不，當年下手偷祕笈的是我妻子。由於湯之鮮隨身攜帶軒轅石，無法直接搶奪，因此她蒙面去他家偷盜祕笈，想設局引誘他前來，再暗中打敗他搶走軒轅石，結果被湯之鮮發現而失敗。繼任的范衛襄又把軒轅石鎖進銀行保險箱，我們完全無計可施。」

「那噬血魔又是怎麼來的？」繼程問。

「那也是蚩尤石指派的。將噬血魔的魔血塗抹在石頭上，可以增強它的靈力，但還是遠遠輸給軒轅石。」魏鼎辛回憶著說，「唉！在那之後，我和你外婆決定從長計議，一方面培植你舅舅去爭奪下一屆幫主，便能名正言順的得到軒轅石。另一方面，你外婆也聽從蚩尤石的慫恿，去古代抓回噬血魔，以魔血餵養他們。」

「那地下暗室是什麼時候蓋的？為什麼我都不知道？」繼程困惑的提問，「我也從來不知道家裡有噬血魔出沒。」

「我生意越做越大，後來蓋了這棟大樓，設置機關和地下暗室，專門用來豢養五隻噬血魔。平常我都是在半夜放出噬血魔，在那之前，我也會燃放迷魂香，別說你和你舅舅，就連宿舍裡的員工也都昏睡到天亮。」

「是萬紫千紅香嗎？」志達想起鴛鴦大盜陳興盛和陳麻婆所用的迷魂香。

「沒錯。」魏鼎辛點頭。

「那虹虹阿姨又怎麼會知道機關？」繼程問。

「我有時會帶她到地下暗室玩，她就是這樣才看見紅牛和大火。」

「轟一聲，大火燒起來，一隻怪獸跑出來。」志達恍然醒悟。

「原來是這樣。」繼程說，「後來呢？」

「九年前你外婆中毒太深死了，死前遺願要我發誓治好虹兒，我答應了。她把可以用來控制噬血魔的五毒陰功傳授給我，我也很高興自己的武功變得很強大。沒想到你舅舅今年在幫主選拔的武藝大會輸給陳淑美，我沒辦法再等下去，才派豺魔毒害陳淑美，這一切都是為了要得到軒轅石。」

魏鼎辛感嘆的轉而對志達說：「現在五隻噬血魔都死了，我搶到那本族譜，換了封面，鎖進保險箱，心想沒有人能抓到我的把柄，沒想到還是被你破解了。志達，求求你給我軒轅石，好讓我女兒康復好嗎？」

「不可能！」志達斷然拒絕，「吸取別人的靈力來壯大自己，就跟你害我媽來救你女兒一樣，都是自私邪惡的。蚩尤石的話完全不能信，它只是要利用你們夫妻來消滅軒轅石，而你們卻效忠它，毒害了許多無辜的人。」

「啊！看來我跟我妻子一樣，走火入魔了，竟然相信一顆魔石。」魏鼎辛宛如遭到當頭棒喝，懊悔的說，「我錯了……」

魏鼎辛話未說完，眼睛閉起來，陷入昏迷。

「外公！你不要死……嗚……」繼程感到慌張無助，不停啜泣。

第十八章 兩石的結局

「繼程，你不要傷心，我先幫你外公護住心脈。」志達坐到魏鼎辛身後，運功為他療傷。果然魏鼎辛的心臟正遭受到毒氣攻擊，志達急忙用內功將毒氣吸聚起來，再推到大動脈運行到肺部。

「咳！咳！」一陣狂烈的咳嗽之後，魏鼎辛咳出毒血，醒了過來。

「我想幫魏虹阿姨運功，看看她身體出了什麼問題。」志達說。

「好、好，到十五樓去。」魏鼎辛點頭說。

繼程跟志達一起扶魏鼎辛下樓，來到魏虹的房間，楊小姐正在餵她吃飯。

「楊小姐，你先到客廳去。」魏鼎辛說。

「魏老闆，你怎麼受傷了？這是怎麼回事？」楊小姐看見魏鼎辛身上的毒血驚訝的問。

「你去打電話叫救護車。」繼程說。

「我這就去。」楊小姐快步走去客廳打電話。

志達二話不說先在魏虹身上點穴，她瞬間麻痺一倒。接著，他讓繼程扶她坐起，然後盤腿坐到她背後，雙掌運功，從她後背輸入內力。

內力像是探測器，深入各個經脈，他赫然發現裡頭十分混亂，胃經、脾經與腎經、膀胱經絞在一起，肝經、膽經則是與肺經、大腸經混在一塊，心經與小腸經更是同時與這四組經脈互相糾結纏繞。

「經脈錯亂！」志達不知不覺說出這四個字。

實在是很亂！很複雜！他停下來喘口氣，定了定神，然後繼續運功，試著一一將每一條經脈梳理開來。還好，憑著全脈神功的內力導引，每一條經脈都跟著志達輸進去的脈氣湧動，漸漸的分出彼此，並回歸到正位。

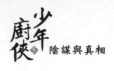

魏鼎辛看著志達認真的模樣，熱淚盈眶。

志達將經脈梳理完畢之後，感應到心臟部位有所缺損，跳得很快又有雜音，但不是他能夠修補的，因此收了功，並解開穴道讓魏虹清醒。

「你是……」魏虹回頭看見志達，不知如何稱呼他，倒是看見了魏鼎辛，高興的大叫一聲，「爸爸！你旁邊的孩子是繼程吧！媽媽呢？」

「你……你能認人了。太好了。這幾十年來，你第一次開口找媽媽……嗚……」魏鼎辛激動的說。

「很抱歉，她的先天性心臟病不是我能夠醫治的。」志達抱歉的說。

「不用抱歉，神智能恢復清醒已經非常好了。志達，我欠你太多了。」魏鼎辛感激涕零的說，「太感謝你了。」

這時醫護人員進來，楊小姐和洪規果跟在後面，只見洪規果焦急的問：「老闆，你怎麼了？現在是什麼情況？」

繼程不知如何回答，先請醫護人員將外公和阿姨都帶下樓，送上救護車，到醫院進一步治療，他也上車一同前往。臨行前志達對他說：「我要趕快回去醫治我媽。」

志達離開瀟湘煙雨湘菜館，到市場買了苦菜和小腸，先回羽萱家烹煮成苦菜小腸湯，然後帶著這道湯品跟羽萱一同去安養院。志達先餵媽媽喝湯，然後施展全脈神功第五式，將內力運到媽媽的身上，修復了心經和小腸經。

收功之後，陳淑美全身軟綿綿的躺下來。

「媽，你動動手腳。」志達期盼的說。

陳淑美成功的動了手指頭和腳趾頭，接著，她嘗試著以右手為支撐，側身爬起來，並且把腳一蹬，手一推，站起身來，在原地緩慢的來回走動。

「啊！我好了、我好了！我又能走路了。嗚……我能走路了……」陳淑美驚喜萬狀，感覺彷彿做夢一般，抱著志達喜極而泣。

志達咧開嘴，眼睛充滿了淚水。羽萱更是高興的哭了。

志達把魏鼎辛夫婦的罪行說給媽媽聽，也說了他現在悽慘的模樣。陳淑美

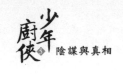

聽完前因後果，除了責備魏鼎辛，也為他難過，聊著聊著也慢慢的釋懷了。

另一頭，魏鼎辛被送進急診室之後，很快被安排轉到病房。

「繼程，你去聯絡警察局，跟警察說我要自首，請他們派人來一趟。」魏鼎辛說。

繼程照做。不久後警察來了，做完筆錄後對魏鼎辛說：「看起來你犯了嚴重的傷害罪，林志達和方羽萱私闖民宅也有違法的事實，尤其林志達還侵入銀行偷取東西，有詐欺和竊盜罪嫌，又重傷了你，我得找他們問話，協助調查。」

「他們這麼做情有可原，能不能請你們從輕量刑？」魏鼎辛懇求說。

「這不是我的權責，不過相信這部分法官會酌情審理，如果沒有惡意，加上他們未成年，通常只有一些象徵性的刑罰，提醒他們要為自己的行為負責。我這就去找林志達。」

警察說完便要離開，繼程說：「我跟你一起去。」

「繼程，等一下。」魏鼎辛從懷裡拿出一顆雞蛋般大小，暗紅色的石頭，交給繼程。「把蚩尤石拿給志達，只有他才有辦法對付這魔石。」

「好！」繼程接下這份任務。

安養院內，志達聯絡外公，陳淑美親自跟他分享恢復健康的好消息，不久方子龍與方太太也來了，恭喜陳淑美康復，氣氛一片歡喜。

晚上九點左右，警察和繼程來到安養院內，訊問志達和羽萱。志達敢做敢當，直言不諱，全盤托出。

「這些武功實在太不可思議了，但你們的行為更讓我瞠目結舌。」警察驚訝的說，「相信法官了解所有事實之後，會做出最好的安排。」

「我外公要我把這個給你。」繼程拿出蚩尤石交給志達，「他相信你也會做出最好的安排。」

「我？」志達接過石頭，一時不知如何是好。

忽然軒轅石在志達的懷中騷動，志達掏出來看，它上頭的五彩色紋顯出斑斕光澤，就在那瞬間，軒轅石發出青光，蚩尤石發出紅光，雙雙飛到天花板下，激發出耀眼的強烈光芒，讓房間內的所有人都睜不開眼睛。

兩顆石頭保持距離相互對峙，接著開始旋轉，紅光和青光在牆上交替閃爍，似乎在尋找對方的弱點，又像是在為大戰熱身，讓人看了熱血澎湃。十數圈之後它們停止了，卻仍然遙遙對立，彼此睥睨，似乎都已經準備好對策。

打從女媧煉石補天遺留下這兩顆靈石，軒轅石鍛鍊著俠義的力量，蚩尤石修煉著惡毒的魔力，兩大力量終於在這天狹路相逢。看它們蓄勢待發的態勢，似乎都迫不及待要決一死戰。

「砰！」一聲巨響，兩石已然猛烈撞擊。瞬間天搖地動，房間裡的人站不住腳，紛紛蹲低身體。屋內同時被熊熊大火圍繞，紅火包著青火，青火繞著紅火，紅牛和青熊從火中冒出，肌肉賁張，張牙舞爪，在天花板下纏鬥。雙方你來我往，互相撕咬撞擊，驚天動地。

紅牛鼻孔噴氣，四足奮力抵擋推力，又將頭特意往右偏想扭開青熊的強力。青熊借那右偏的扭力加了把勁，讓紅牛的身體整個往右傾斜。紅牛的頸部暴露，青熊見機不可失，張口攻擊……

紅牛對空悽慘哀號，將身體弓縮成圓弧狀，正式敗下陣來。

就在大家驚訝的望著這奇景，張口結舌，震撼不已之際，火光消失了，青熊和紅牛也不見了。只見蚩尤石繞著軒轅石旋轉，猶如月亮繞地球，一同緩緩下降。

志達伸出手，兩顆石頭一一又落回他的雙掌中。

「嘶……」蚩尤石發出怪聲，瞬間碎成一撮細沙。

「啊！」眾人齊聲發出喟嘆。

歷經五千年來的紛擾與爭鬥，犧牲了無數人的性命，邪惡的力量終於被正義所消滅，人間永除後患。

（全五集結束）

少年天下系列 —— 056

少年廚俠5：陰謀與眞相

作　　者｜鄭宗弦
繪　　者｜唐　唐

責任編輯｜李幼婷
內頁排版｜極翔企業有限公司
行銷企劃｜葉怡伶

天下雜誌群創辦人｜殷允芃
董事長兼執行長｜何琦瑜
兒童產品事業群
副總經理｜林彥傑
總編輯｜林欣靜
主編｜李幼婷
版權主任｜何晨瑋、黃微真

出版者｜親子天下股份有限公司
地址｜臺北市 104 建國北路一段 96 號 4 樓
電話｜（02）2509-2800　傳真｜（02）2509-2462
網址｜ www.parenting.com.tw
讀者服務專線｜（02）2662-0332　週一～週五：09:00~17:30
讀者服務傳真｜（02）2662-6048
客服信箱｜ parenting@cw.com.tw

法律顧問｜台英國際商務法律事務所・羅明通律師
製版印刷｜中原造像股份有限公司
總經銷｜大和圖書有限公司　電話：（02）8990-2588

出版日期｜ 2020 年 2 月第一版第一次印行
2022 年 12 月第一版第十四次印行
定　　價｜ 280 元
書　　號｜ BKKNF056P
I S B N ｜ 978-957-503-540-2（平裝）

訂購服務
親子天下 Shopping ｜ shopping.parenting.com.tw
海外・大量訂購｜ parenting@cw.com.tw
書香花園｜臺北市建國北路二段 6 巷 11 號　電話（02）2506-1635
劃撥帳號｜ 50331356 親子天下股份有限公司

國家圖書館出版品預行編目資料

少年廚俠 . 5, 陰謀與真相 / 鄭宗弦文 ; 唐唐圖
. -- 第一版 . -- 臺北市 : 親子天下 , 2020.01
208 面 14.8×21 公分 . -- (少年天下系列 ; 56)
ISBN 978-957-503-540-2（平裝）

863.59　　108021871